李辉／主编
毛庆炎／著

地名古今

洛阳小镇风情

海天出版社

| 总 序 |

地名，我们回家的路

地名如人名，与生于斯长于斯的一代又一代人，息息相关。地名，承载丰富的文化信息，承载千百年的情感传承，不会随着时间推移而消失。一个长期形成的地名，其实就是那个地方的符号，那个地方所有人情感所系的标志。即便远在他乡，故乡名字，在人们心中永远不会忘记。我们常说珍爱乡愁，寻找乡愁，乡愁就融在地名之中。

2016年清明前夕，我在武汉做一次关于地名的演讲，听一个省的民政厅干部讲了一个故事。一位漂泊在外的老人，身体不好不能回到家乡，就让孩子回来寻根，找他生活过的地方。孩子归来，拿着那个地名，难以找到，原来那个地名早已消失。最后，孩子找到民政厅，翻阅地名档案，终于找到原来的地名。这位老先生，写信来感谢他们，同时在信中说："你们经济发展得很好，建设也很好，但是地名不要改，地名是我们回家的路。"

地名，我们回家的路。说得多好。

地名，在所有寻找乡愁的人们心中，就是一条回家的路。即便对于没有在这里出生的人，那也是祖辈的根，后代依旧将心底的那份乡愁，与那个遥远的地名联系在一起。为《中国人民志愿军战歌》谱曲的周巍峙先生，曾任文化部代部长、全国文联主席，他爷爷那一代逃荒离开徽州，虽然周巍峙没有在徽州出生，但徽州一直在他心中。我在微信公众号"六根"发表《徽州，归来吧！》一文之后，他的儿子周七月告诉我，父亲一直想找到徽州的家乡，并且认为徽州地名被黄山替代，是没有文化的表现。他根据父亲提供的堂号，前往徽州，找到了祖辈生活过的村庄和祠堂。去世两年前，周巍峙终于回到徽州祖籍所在地，了却心愿。为踏上这条回家的路,他等待了整整90年!

回家的路,到底有多远?有多近?对于所有人,远与近,在乡愁中,在梦中。

地名的替换与取消,显然,需要慎之又慎。尤其是一个历史悠久的地名,早就成为中国文化的一部分,它们存在于史书、碑刻、文学经典之中。如果轻率地将之更名,多少文化信息就会被消解。陕西汉中的勉县,是武侯墓和武侯祠所在地,因汉水称作沔水,后来,这里一直叫沔县。1964年,因考虑到"沔"字不好写,便随便改为"勉"。汉水流至湖北,一个县叫沔阳,和沔县的"沔"是同一个字。可是,上世纪60年代没有改名的湖北沔阳,到80年代却改名叫仙桃市,沔阳从此消失。远远近近的人,都熟悉沔阳三蒸、沔阳花鼓戏,可如今,一个"仙桃",令"沔阳"失去了多少历史内涵。为此,生于斯长于斯的作家池莉,特意撰文呼吁恢复"沔阳"。

说到襄阳,会想到王维的"襄阳好风日,留

醉与山翁",想到杜甫的"即从巴峡穿巫峡,便下襄阳向洛阳";说到荆州,会想到"大意失荆州";说到衡阳,会想到高适的"衡阳归雁几封书";说到徽州,会想到汤显祖的"一生痴绝处,无梦到徽州"……试想一下,如果将"襄樊""荆沙""黄山"在诗句中予以替换,今人与后人的感受,又该如何?幸好衡阳、泰安等地名,没有在黄山替换徽州之后也随之更改,不然,多少经典诗词,将从此失去地名带来的历史内容和美感。

能否慎重更换地名,其实就在于是否对地名有一种情感。这种情感,是个人的,是家族的,更是地方的、民族的。诸多地名情感的滋生、蔓延与丰富,才构成一个民族的文化自尊。在更换地名之际,我们需要敬畏文化,敬畏历史,任何一个地名,都是在悠久历史中形成的。邯郸这个地名,延续两三千年,不是依旧与人们同在吗?

可喜的是,如今越来越多的人,知道重视传统,敬畏历史。当然,不是所有地名都必须恢复旧名称，但对于"徽州"这样极其重要的历史地名，却值得付出一定代价予以恢复。没有徽州，哪里有"安徽"？全国第二次地名普查，无疑给了我们一次新的契机。通过普查，来一番梳理，让中国的地名更带有历史沿袭性，更具有传统文化特色，让新起的地名更能体现中文之美，更有丰富内涵。当然，这需要各地政府，有勇气面对过去的错误。譬如徽州，将这种改错的著名地名重新恢复，才是对历史、对文化的真正珍爱与敬重。

珍爱地名，回家的路，再远，也很近。

于是，我忽发奇想，何不开设一个"地名古今"微信公众号？2016年5月3日，"地名古今"启动。第二天，5月4日，发表我的第一篇文章《地名，我们回家的路》。"地名古今"的帷幕，慢慢拉开。时间真快，到2018年5月，"地名古今"推出整整两年。两年来，"地名古今"成为全国各地作者讲述地名历史的小小平台。大家互不相识，却在平台上读对方的文章，了解彼此的历史、文化和故乡情感。

的确，地名不是干巴巴、枯燥的几个汉字，它们包容了多少历史变迁、多少文化内涵、多少故乡人的情感。"地名古今"不仅仅讲述地名的历史变迁与故事，还希望不同门类的专家参与其中。家族故事、方志、中国园林常识、旅行、寻访……不一样的地名，不一样的风景，要用不一样的心情去感受，去领悟。

一年之后，2017年5月我重新拟定六个栏目，分别如下：

1. 我说地名：以个人视角讲述熟悉的地名历史变迁和故事，避免面面俱到，避免罗列概念。突出个人对地名的理解和历史变迁的解读。

2. 倾听讲述：每个村庄、每条街巷，都有说不完的人与地名故事，每个人都是一本大书，倾听讲述，以细节勾勒岁月流逝中的、难以重现的故事。

3. 我的漂泊：许多人的人生旅程，会在迁徙、漂泊中走过。用印象最深的几个地名,穿插个人的成长史、生活史,本身就是"地名古今"不可缺少的内容。

4. 故居寻访:千百年来,每个地方都有影响历史、文化的名人,故居寻访,在寻访中解读名人,使之古今融合。同样避免面面俱到,写最能触动自己的地方即可。

5. 行走天下:旅行已成为当今时尚所在。如何行走,如何把旅行化为自己生活、精神的一部分,把旅行与异地观感融为一体,既是游记,也有颇为充实、敏锐的诗意表达,这是最值得期待的行走天下。

6. 回家的路:远离故乡的人,心中永远牵挂故乡。每次踏上归家之路,都会是一种全新的体验。儿时星星点点的记忆,家庭几代人的酸甜苦辣、悲欢离合,都是取之不尽用之不竭的素材。一棵树,一口井,一家人,左邻右舍,都是故乡难忘的记忆。

谢谢海天出版社诸位同仁厚爱，同意接纳出版"地名古今"丛书。所有"地名古今"作者，得知这一消息，都为之激动。

期待更多读者和作者关注"地名古今"，参与撰写更多故事。

未来的日子里，我们再前行！

李　辉

2018年新年之际写于北京看云斋

| 自序 |

我喜欢洛阳这个小镇

随州曾都区的洛阳镇,是我魂牵梦绕的地方。我喜欢这个小镇,不仅因为她被誉为"全国银杏第一镇"和"中国银杏之乡",更因为我就出生在这里,她是我割舍不去的故乡。洛阳镇本来不大,却不知道为什么被分成两个部分:北边的称"上街",南边的称"下街";两部分相隔大约一华里,其间由一条大路相连接。下街曾经很繁华、很红火,后来因为日本鬼子的烧杀抢掠和其他一些原因萧条了;生意转到了上街之后,上街接替了下街的繁华,慢慢地成了洛阳镇的政治、经济和文化中心。我家住在下街,这本小书里屡屡提到的"小镇"指的也是下街,因为小书里百分之九十的故事都发生在下街。

  我喜欢这个小镇，但很可惜我在这里生活的时间太短了。三年初中、三年高中、四年大学，这十年我只是寒暑假才回到小镇。毕业后分在临县枣阳（现在的枣阳市）一所中等师范学校做教书匠，本来也是应该有寒暑假的，无奈无休无止的教师业务培训又总安排在寒暑假；教师培训是师范学校的一项任务，是任务就得硬着肩膀扛着。因为隔离的时间太多太久，所以小镇给我的印象还是旧时的模样：叮叮当当的铁匠铺、高高低低的卵石街、三三两两的骡马队、挤挤挨挨的小商铺，以及熙熙攘攘、背背驮驮的赶集人。这一切，都局限了我的视野，所以这本小册子的内容几乎全是对小镇过往的回忆，有的来自自己的所闻所见，有的来自街坊们的讲述。

  和小镇隔离的时间虽久，但我一刻也没忘记小镇和在小镇居住着的街坊。

  我喜欢小镇那条弯弯的状若游龙的街道，我

喜欢小镇那条弯弯的清澈见底的小河；我喜欢笑容可掬、仁义和蔼的杂货铺周老板，我喜欢手段神奇、一刀能刮出花纹的染坊张掌柜；我喜欢给我们野鸡羽毛、教我们野鸡鸣叫的猎户老杨头，我喜欢带我去乡下看戏然后又把我带回家的赵大妈；我喜欢安然自得、不慌不忙的傅礼三傅先生，也喜欢见多识广、翰墨了得的刘义存刘先生……小册子中写到的他们早已离我而去了，但他们的从容、他们的沉静、他们的友善、他们的坚韧却牢牢刻印在我的心底。我不知道是不是真有所谓今生来世，也不知道是不是真有所谓阴间阳间，如果真有——我相信他们会依旧从容、依旧沉静；也相信他们会依旧友善、依旧坚韧。

因为一直不在家，清明节又不放假，很多年我都没有回乡扫墓了。1990年之后的一个清明节前夕，潜伏在内心深处的那缕乡情再次萌动，我感到我应该回去。我找校长请假，校长说："好，应该……应该回去！"那以后，我便年年清明请假回家。有一年清明节，我正在大哥的门口闲坐着，见不远处一根电线杆下站着一个女娃正对着我笑。很快我想起来了：她是一个哑女，也是小镇人；她父亲跟我是"发小"，姓余，很熟悉的。我招手让她过来，她不过来，依旧只是笑。我大嫂从屋里走出来，看到这情形，说："那娃玲珑得很，可惜是个哑巴。街上在外面的人她都认得，谁回来了她都是这样远远地站着看。她不会说话，但很亲近人，家里人、街坊们，见到了都亲得不得了。哑巴娃，只是说不出，感情还是有的啊！"这事，深深地触动了我。那次回学校后，我写了一个帖子贴在自己的博客上，想让网友们分享一下那份暖暖的浓浓的乡情。没想到的是，当记忆的闸门打开之后，小镇的很多很多的往事、很多很多的乡邻都排队似的跟在哑女的身后在回忆中向我走了过来。他们走近了我，我也走近了他们。我一连写了五十多个帖子，把这些帖子一一贴在自己的博客上，介绍给我的诸多网友。

我的这番举动，李辉先生知道了，他给了我很多的肯定、支持和鼓励，嘱咐我好好整理一下。遵循李辉先生的意思回过头来整理时，发觉存在的问题不少，困难也不少。原来动笔前没有一个大体的框架，多是想到哪写到哪，内容显得有些杂乱。为了能给大家留下点印象，在整理中试着把七十多个帖子（后来又补写了一些）按内容分成了三类，每类加一个大一点的标题，分别是："洛阳店，这个小镇的风情"、"敬祖、师道和祈愿"、"消失与行将消失的……"。这样分个类，每类加个标题，或许能凸显一下我想要表达的意思。

我写这些东西的初始原因是源于"乡情"的萌动和催促，我很喜欢洛阳这个小镇，我很怀念曾经和仍然居住在小镇的那些街坊。我记录了一个街坊，就等于走近了一个街坊；我记录了一件往事，就等于离小镇近了一步。待我记录完了，街坊和小镇就跟我在一起了；我也就和以前一样，重新住进了我在小镇的老屋——那里很亲切、很温暖，那里很适合我。我压根就没想也不敢想要把这些印成一本书，只是想把它写出来叠放在案头和枕边。这样，我就能感受到街坊们坦然的呼吸，我就能听到街坊们亲和的谈话，就能嗅出小镇那固有的厚重的气息……能这样也就够了。现在要把它印出来当然更好，我感谢为我、为这本小书付出过辛劳和心血的李辉先生；也感谢背后给过我支持的那些相识和未曾相识的老师和朋友们。

毛庆炎

| 目录 |

洛阳店，这个小镇的风情

洛阳店——神奇的山间小镇	003
小镇——是一条龙	008
鸡公山上有只石公鸡	014
祖师顶矗立在我们心中	020
物流，曾在肩膀上进行	026
驼铃摇醒山间的黎明	031
史先生和小史先生	037
郭裁缝——小镇美的使者	042

小镇有两个女汉子　　　　　　050

戏剧节的大幕秋后拉开　　　　060

风度翩翩的江湖先生　　　　　065

礼三先生和他的半个药店　　　070

娃娃们都盼"过十岁"　　　　　077

一家有喜事，乐遍众街坊　　　083

敬祖、师道与祈愿

我接受的第一项礼仪训练——敬祖　091

大年三十讲究多　　　　　　　095

正月初一拜大年　　　　　　　101

破五送石猴及其他　　　　　　107

正月十五舞龙灯　　　　　　115

清明，我们回家祭祖　　　　123

艾草香里过端阳　　　　　　131

矗立在心中的石碑　　　　　135

为我读书，父亲甘愿受累　　141

我的语文老师孔庆圭　　　　149

校长带我们去赶考　　　　　155

消失与行将消失的……

小镇三大有：银杏、火麻、木籽油　165

本色的洗涤用品——皂角　　170

小作坊给小镇带来了喜庆　　174

小镇人休闲有了新去处	179
小染坊印出了花色布	184
野鸡，野鸡，满山飞	190
操场上弥漫着菜籽油香	197
路边有个茶水棚	203
琴声在街筒筒里流动	208

洛阳店,这个小镇的风情

洛阳店——神奇的山间小镇

我的家在一个深山中的一个小镇上,群山环堵、丛林环护,几乎连风都透不进来。但名字响亮,叫"洛阳"!这个小镇何以名称"洛阳"呢?竟与河南省那个有着五千多年文明史、四千多年建城史和一千五百多年建都史,在中国建都最早、建都历史最长的城市"洛阳"同名!个中缘由不得而知,但却是个真实的存在。我翻过随县旧县志,旧县志也说这里叫"洛阳"。

…………

这里会不会还有其他的名号呢?可能有,也可能没有。

每年腊月二十四过小年,父亲总要在堂屋

的神柜前对着家神菩萨祷告,祷告时要向神灵说些话,大意是:某年、某月、某地、某人,谨向神灵如何如何。其中有一句是"有董店人毛某某谨备牲礼,向神……",当时年纪小,不明其意,后来长大读书了,才慢慢想到这里会不会还有个名字叫"董店"呢?想想也未必:我们家是后来搬迁来的,并非祖居这里。父亲说的"董店",或许是另一个地方。

我们这个叫洛阳的小镇地处随县、安陆、应山、京山四县交界处,四面环山,一条小河从西北山中蜿蜒流出,穿过中间的平坝,又向东南的丛山中流去。平坝略成长方形,街区分两部分建在小河右岸的狭长地段上。北面的称"上街",南面的称"下街",中间有一条大路连接,相隔大约一华里。一条山溪从上下街之间的西边桐木冲流出来和大路相交,先民在交叉处垒起一座石拱桥,桥头立着一块一人高的石碑。我上高小（四至六年级）时，每天要从桥上走过几次。石碑上方横刻着"严遵官旨"四个大字，下面分条竖刻着很多字。碑上的字我认不全，但大体意思明白，是叫百姓应该如何如何，不应该如何如何的，很像现在的"乡规民约"之类的文告。

我家在下街，下街的规模比上街小。但是，抗战前却比上街繁华。街筒筒很短，长不过三百米，街道上铺着大小不一的鹅卵石，弯弯曲曲、坑坑洼洼、高低不平，走在上面因脚下不平身子不免歪歪扭扭。商铺算不上鳞次栉比，但应有尽有，也算得满目琳琅；除少数几个家庭另有别就外，其他住户都或大或小做点生意。我记得的有油坊、染坊、榨坊、勤行[①]、米行、豆腐店、理发店、杂货店、山货行、药

---

① 勤行是一个职业名称，指餐饮行业等需要手勤眼勤的行业。

铺、酿酒坊、铁匠铺等；此外，还有几家专门烧制和经营石灰的。我们家开勤行，主要做些糕点、麻花、麻饼、挂面等。这里逢单日热集，生意还算红火。附近农人带着自己的农产品上街，又是卖又是买——乐呵呵地赶来，买卖罢了又乐呵呵地回去。过去总说中华人民共和国成立前农人很苦，可小镇附近乡间的农人似乎不完全这样。

在小镇的街筒筒里，乡里人、街上人平等相待，和谐相处，倒也自在安然。

京山人来小镇卖草鞋，然后带小镇的火麻或白菜回去；安陆人来这里，主要也是买火麻、白菜或者建筑用的石灰；应山县靠近武汉，物资充裕，他们大多是冬天来——这里有上好的大白菜，买回去腌成酸菜以弥补冬春两季餐桌上的不足。小镇人对人和气，无论是外县人或者附近的农人，来这里都会有宾至如归的感觉。

主顾间和和乐乐、亲亲热热，没有现代商人间那种尔虞我诈和互相算计。或许正是这样，小镇才得以隆盛发达、和乐升平。

日本鬼子闯进来之后，烧杀抢掠无所不为，从此小镇便萧条起来，生意由下街转到上街。当时，仅我们家就被洗劫了几次。有一次，一个铜脸盆没处藏，父亲急了将它扔在粪坑里。回来后，一切都毁坏殆尽，唯有那个脸盆还完好保存着。我们家临街的门面房是什么时间烧毁的，烧毁后又是什么时候盖成了草房，我已经记不清了；但将草屋扒掉再盖成瓦房，我记得是在1946年的冬天，我甚至还记得盖房用的全部土坯都是一个叫张德发的乡民提供的——那时候我已经六岁了。

小镇——是一条龙

小镇的人都说小镇是一条龙。为什么这样说呢？有两个理由。

第一个理由是：上街和下街虽然同在桃园河（小河原来没有名字，后来西边山里拦河建了个大水库，名叫"桃园河水库"；为了方便对外宣传，这条小河便随之被称作桃园河）的右岸，但一遇山洪暴发，上街便人如鱼鳖、街成泽国，而下街却安然无恙——年年洪水，年年如是。因为这个缘故，下街的人就说："我们下街是块龙地，街道是条龙，龙是永远也淹不着的。你想啊：龙能腾云驾雾翻江倒海，怎么可能被水淹住呢？"想想也是。所以小镇上的街坊以及附近乡间的人们，对这个说法都深信不疑——唯一的依据就是"洪水淹不着"。于是，人们对这里便平添了敬意，连走路也不敢弄出动静来，怕惊动了脚下这条龙。

街南头庙上的和尚吴师父据说一半是人一半是神，关于人和神之间的事他应该是懂的，有人就问他"下街到底是不是一条龙"？吴师父被问得一脸茫然。说：

"这不好说，也可能是，也可能不是。天下的事……哪说得清楚啊！"

"上街怕洪水，我们不怕——这是事实啊！"

"这事我也想过，上街在北边，地势比下街高……可是，我也没想清楚。"

…………

这个"半人半神"的吴师父，既没说是也没说不是，不仅没打消小镇人的疑虑，反而让更多的人确信无疑地认为"小镇就是一条龙"。

是龙地有什么不好呢?有神龙保护,我们更安全。在小镇真正不同意这个看法的只有一个人,他是小镇读书最多、最有文化的刘义存刘先生。刘先生私下对人说:"洪水只淹上街不淹下街,是因为桃园河流经小镇时沿途河岸有了变化。河水流经上街时,左岸高右岸低——水自然就压到右边来了;到了下街,河岸又变成左岸低右岸高,洪水当然就让到左岸去了。河水总是向低处流的,下街岸高,把河水挡到了对岸,当然就淹不着了。说下街是'龙地',那是胡扯!"刘先生虽然这么想,但他很少说出来,他不愿撕破大家的那个"梦"。他说梦就像一床无形的被子,别看它破旧不堪,但盖着暖和睡得好觉。

说小镇是条龙的第二个理由是:小镇街道的形状像条龙。对这个说法,没一个人有异议,就连刘义存刘先生也说"这倒是,很像"。站在后山上俯视下街，街道回曲有度，两侧巷道若爪——俨然一条匍匐在地的巨龙。这条不足三百米的小街道本可以建得很直，却不知为什么建成了一个弯曲的"S"形——你能说不像一条龙吗？还有，街道两边各留出两个巷道，其中西边的两个巷道通向后山，与街后去京山的官道相接；东边的两个巷道通向河滩，过了河就上了去安陆、去应山的官道——想象一下，这四条巷道你能说不像龙的四个"爪"吗？除此之外，街道的首尾还各有一个牌楼式的二层跨街建筑：街北头的建得富丽堂皇，飞檐斗拱跃跃欲飞，上面嵌有"承恩"二字；南头的建得简约端庄，虽不乏昂扬之势却少了一分华彩。在我的想象中，北楼富丽应是"龙头"，南楼简约当是"龙尾"。龙头为什么向北呢？传统观念主张盖房子要迎着水来的方向开门，这叫"兜水"，会发财的。小镇是不是也想逆向对准桃园河,"兜住"北来的桃园河"水"呢?

如此设计有如龙形的街道,最终也不知道到底给小镇人带来福利没有。但有一个最直接的"好处"几乎每一个小镇人都体验到了:那就是每当街外狂风大作、黄沙眯眼的时候,街筒筒内却是和风徐徐宁静温馨,即使有风也不会很大。小镇人说:"这是龙的温厚——是神龙对子民的关爱和护持。"还是刘义存刘先生一语道破了,他说:"扯白(胡扯白话)!街道是弯曲的,又有巷道泄风,再大的风挡一下、泄一下也就没劲了。"刘先生是说因为街道弯曲,风的力度被"缓冲"了。

…………

当然,一个野人杂处、白丁充斥的山间茅店,其建筑之规制是用不着朝深处想的。但是在那样的时候,在那样的地方,下街在蹒跚前行的路上请来几个风水先生指手画脚一番也是极有可能的——因为小镇人也有梦。人们把"S"形看成是吉祥符号,并演绎出"曲则有情"的高论(大意是说曲折的东西有独到的好处,主要指河流,认为河水弯曲能聚气)。不过,从小镇后来的经历看,这个"曲则有情"其实也无情。当杀戮到来,当狼烟燃起,当残暴横行……这里依旧得面对破败和流血。我不愿意据此就说小镇人愚蠢,山野小民对命运心存畏惧又心存希冀,他们或许只能如此。多少年来,小镇上的每一个家庭乃至每一个人,在迷茫中把自己当作是龙身上的一个鳞片,彼此相扶,患难相依地各自开创着自己的一小片天地。当然,山区毕竟是山区,石缝缝里是流不出油来的。但打拼总会留下痕迹,它像暗夜燃起的一炷松明,会闪烁着在小镇人含笑的眸子中跳动一下或两下……

说小镇是一条龙——这是希望;说小镇像一条龙——这是现实。

鸡公山上有只石公鸡

小镇周围的群山中,有两座最高:镇西的祖师顶,镇东的鸡公山。

鸡公山的山顶有石头垒起的寨墙,寨墙的东南角有一高高矗立的巨石。据住在山下的人介绍:当年巨石高数丈,酷似一只面对朝阳正在引吭高歌的雄鸡。"鸡公山"之名,也正由此得来。因为鸡公山最为高峻也最为显眼,小镇人早晨起床第一眼看到的是它,晚上关门最后一眼看到的也是它。因为这,它也就最得小镇人的倾情和膜拜。

当然,小镇人倾情它膜拜它还不只是因为它的高耸和威武,主要还是因为它的"奇"。奇在哪呢？奇就奇在那尊酷似公鸡的巨石。那石公鸡头朝东南的临县安陆（现在叫安陆市），尾朝西北方向的随县（小镇属随县管辖）。当时，安陆人相对困穷而随县人则相对殷富。农耕时代，这本来和土地、水源以及耕作习惯有关系。但安陆人和小镇附近的百姓却说，随县人的富裕全是那只石公鸡全心庇佑的结果。他们解释说："公鸡头向安陆，尾向随县，吃的是安陆的粮，把粪便拉在随县，肥了随县人的田地——随县土地肥沃，所以年年五谷丰登，户户丰衣足食。随县富了，洛阳这个无名小镇自然也跟着沾光。"别人这么议论，小镇人也这么认为。秋去春来，寒来暑往，在大公鸡的屁股后面，小镇人就这么笑眯眯地、很感激很温暖地活着。

据说，安陆有人不服气，曾几度兴师动众提着斧头扛着锤子，誓言要砸毁石公鸡，破了那保随县富、害安陆穷的迷信。但也有明白人站出来泼冷水,说:"那块石头只是像公鸡,并不是真公鸡,谁见它吃了?谁见它屙了?既不会吃也不会屙的一块死石头,怎么会让人家随县富让我们安陆穷?有那能耐吗?老辈人说'命中只有八合(读"各",容量单位,一升的十分之一)米,走到天边不满升'。人穷了就要下决心刨穷根,不刨穷根一辈子也富不了。想砸那只石公鸡?你们就去砸吧。如果石公鸡砸了安陆立马富了——我改姓!"明白人的话拨亮了大家的心,大家觉得这话对:一块死石头——即便再高大,也不可能有那能耐。于是,手中的斧子放下了,肩上的铁锤子也放下了;誓死砸毁石公鸡的怒火,几次燃起又几次熄灭。

后来,日本鬼子闯入,打破了小镇的宁静。在烧杀抢掠之余,也不知怎么他们知道了鸡公山"庇佑"随县人、"贻害"安陆人的奇闻。出于对中国奇山异水的嫉妒,鬼子下决心要毁掉这只石公鸡。他们在山下架起几门大炮，猛烈轰击山头那尊石公鸡。据目击者回忆：先是高高扬起的"鸡头"轰然跌落，接着便是巍然高翘的"鸡尾"垮塌，再接着就是翼然欲飞"双翅"碎而委地。他们说，那天神灵有感苍天含悲，炮声一停大雨便倾盆而至。山洪冲刷着血迹顺着山沟一泻而下……那奔涌的山水一片殷红！

…………

这是我上小学前听到的故事，后来我上到小学四年级的时候，班主任孔庆圭孔老师在一次班会上不知怎么就说到了鸡公山和鸡公山上那只"石公鸡"的事。孔老师说："要记住这个仇，不忘这个恨。"孔老师还说："小鬼子为什么要炸我们的石公鸡？你们知道吗？"我们摇摇头表示不知道时，孔老师说："你们看看地图就知道了。"孔老师在黑板上很快画出了中国地图和日本地图。孔老师对着地图对我们说:"你们看中国地图像什么?像不像一只大公鸡?你们再看看小日本地图像个什么?弯弯曲曲、枝枝权权、扭来扭去,像不像一条毒蜈蚣?"我们认真看看,觉得真的很像。孔老师说:"日本鬼子总想吃掉中国,但又感觉自己斗不过中国。想想看,只会是公鸡吃掉蜈蚣,哪有蜈蚣能吃掉公鸡的道理?就为这,他们就恨我们中国,甚至连样子像中国地图的公鸡他们也恨。同学们,中国是只雄健的大公鸡,日本只是条弱小的毒蜈蚣,我们不要怕他们!"

············

鸡公山上的石公鸡,在罪恶的炮声中坍塌了,鸡公山庇佑小镇乃至整个随县的功德也慢慢淡出了人们的思维。但是,鸡公山仍然在庇护我们,仍然在帮助我们。小镇人能直接感受得到的是鸡公山的另一个好处——天气预报功能。或许是因为它的高峻，春夏时节的早晨如果空气中水分重，山头常有雾气萦绕——这是将要下雨的征兆。小镇人看到了总会高兴地说："要下雨了，鸡公山'召云'了。"小镇人嘴里"召云"的意思是，把云气召集在一起。我们每每看到的情形是：雾气云烟在鸡公山顶蒸腾翻转越积越多，慢慢地竟布满到小镇的上空。云气越来越重、越来越黑，渐渐铺展开了，雨也就接踵而至！这在没有天气预报的当时，在小镇人期盼降雨的日子里，它的"召云"之举曾抚慰过多少焦渴的心灵啊！

祖师顶矗立在我们心中

小镇的东面是鸡公山，小镇的西面和鸡公山遥遥相对的也有一座山，叫"祖师顶"。

祖师顶耸立在上街和下街之间——如果把上街和下街比喻成两个孩子，那么祖师顶就是护持着这两个孩子的母亲，一手拉一个，动心动肝，寸步不离。年年岁岁，岁岁年年，一直给小镇的人们以温馨而悠远的呵护。

祖师顶是座由石灰岩构成的石头山，植被稀薄，处处是裸露的青色石头。这种青色的石灰石最大的用场，就是烧制建筑用的石灰——这东西在没有水泥的时代，是建筑不可或缺的材料。也不知是从哪年哪月开始，祖师顶的脚下有了开山取石、垒窑烧灰这种行当。它的东麓有两处采石场，每处采石场都垒有几孔石灰窑。由于石质优良，烧出来的石灰洁白细腻名播遐迩，行销周围好几个县市；有了公路和汽车之后，销量更是日渐提升。

烧石灰工艺并不复杂，但早年却被弄得十分神秘。点火之前有两件事必须做：一是窑主人要杀只老公鸡，将公鸡的血沿窑顶洒一圈，为了避邪。二是之后还要备办牲礼燃香焚纸，窑工们依次行跪拜之礼，为了求得窑神的保护让点火之后一切顺当。窑里的石头是按一定的方式垒起来的，垒得不好在烧制的过程中会垮塌下来——这样的事过去有过，窑工们都说这是窑神对人的报复。所以，点火之前必须进献牲礼虔诚跪拜。不仅这样，在平常的日子里，妇女是不能去窑场的，去了便是对窑神的不敬；窑工们回到家也不谈或少谈及窑上的事，他们怕家里的女人们偶尔插嘴得罪了窑神。

"窑神"是谁？是祖师吗？有人说是祖师。

…………

这山名叫"祖师顶"，山上是不是敬奉着窑工们的祖师呢？没有。山上没有祖师庙，也没有建过庙宇的痕迹。既然这样，那么是不是这山的庞大山体就是窑工们的祖师呢？答案是或然的，窑工们的一个口口相传的说法是：祖师顶是我们窑工的祖师，又不是我们窑工的祖师，它是大家的祖师。这个模棱两可的说法，颠来倒去让人有些费解。

小镇最有文化的刘义存刘先生有一个解释，他说："祖师是人不是神，世上有百业，业业有祖师。各行各业都有自己的祖师，山上建庙敬奉哪家祖师都是不妥当的；所以不能在山上建祖师庙。"没有祖师庙为什么叫"祖师顶"呢？刘先生进一步解释说："大家把这座山当成了共同的祖师——这座山就是祖师；至于是个什么祖师，就看你从事的是哪个行当了。你是和尚，祖师顶就是释迦牟尼；你是道士，祖师顶就是老子；你是教书的，祖师顶就是孔子；你是铁匠窑匠，祖师顶就是太上老君；你是做豆腐的，祖师顶就是刘安，等等。一句话：这座山就是祖师；山在你心里，祖师就在你心里了。"

刘先生的解释不会是他的创造，或许是一种对前人某种说法的传承。我很认同这个说法，不然就无法说清为什么名为"祖师顶"而没有祖师庙。"山在你心里，祖师就在你心里了"，这话说得好啊！小镇人祖祖辈辈把它放在自己的心里，把它当成自己的祖师，依偎它，敬奉它，并自觉地接受它的监管。执业有行规，做人有准则，小镇人没敢有半点差池，因为"祖师"就在身后立着。或许是这个虚拟的祖师在冥冥中规范着什么，小镇的各行各业才一直兴旺着向前走。"天无私覆,地无私载",祖师是天地的化身,任何高大轩昂的庙宇都供奉不了他。小镇人把祖师敬奉在心里,把祖师敬奉在天地之间。

…………

后来江西的生意人来到小镇,置地建房做起了自己的生意。他们敬仰这座象征"祖师"的山,特意在山脚下建起了专为江西生意人服务的"江西会馆"。他们把会馆建在山脚下,自然含有"求依偎、求呵护"的意思,希望在祖师爷的关照下生意兴隆财源滚滚。继江西人之后,湖南人和四川人也来做生意,也在祖师顶山下的同一个地方建起了自己的会馆。会馆一直保留到现在,因为会馆多又建在镇子外,小镇人称之为"会馆湾"。

一次次的战火,一场场的战争,小镇连同小镇人在纷飞的战火中,直面流血,承受煎熬。

到我记事时,全街的两百多间门面房所剩无几,百分之七十的住户门前只剩下一块空空的场地。我们家原来是有着四间门面的三进大瓦房,其间还有两个天井院。父亲和伯父分家时各得两间三进的房子,但后来被焚烧殆尽,直到日本投降后的第二年——1946年才又重新盖了起来。小镇的元气伤了,但祖师顶还矗立着,那股回荡在小镇人和那批外来生意人心中的元气丝毫未损。几经打拼,这股元气后又慢慢挣扎着站了起来。

祖师顶这座圣山,矗立在小镇人的背后。

祖师爷这位圣人,矗立在小镇人的心里。

物流,曾在肩膀上进行

现代人所说的"物流",在小镇其实早已有了。

那个时候小镇没有车没有船,物资的流动只靠两样:一是马帮,二是挑夫(或叫脚夫)。所以,那时候小镇的物资,说出来你可能会笑话,全在马的脊背上和人的肩膀上流动。"流"到哪呢?最远的到省城武汉,近一些的流到安陆、广水、应城、随县和京山;除随县、京山和安陆外,其他都在二百里以外。无论路程多么遥远,也无论路途多么艰辛……年复一年都是这样。物流在这里历久不衰地存在着,主要还是因为小镇有这个需求。当地的土产诸如火麻、银杏、木籽要送出去，人们生活需要的食盐、糖类、布匹等日用品要运进来。

山货源源不断地送出去，日用品又源源不断地带回来，这是马帮和挑夫的功绩。

和马帮相比，挑夫的劳作方式最为原始、最为艰辛。不是迫于生计，一般情况下是不会有人干的。在小镇的七十多户人家中，长年累月专门干挑夫的有五个人，分别是黄家两兄弟（黄成发、黄成卿）和王家两兄弟（王广如、王广全），还有一位是老张家的张德乐。挑夫惯常的打扮是：脚上一双草鞋，肩上一块垫肩，头上一顶帽子。垫肩隔在衣服和扁担之间，冬天里可以保护衣服不至磨损；夏天里赤着上身挑担，有了垫肩不至磨破肩上的皮肉。

每次出门，担子上都挂着一个鼓囊囊的小袋子，袋子里面装着足够吃几天的干粮。干粮一般两样，或者是"粉子"，或者是"炒面"。

"粉子"是大米炒熟后,用石磨磨成的粉;"炒面"则是大麦炒熟后用石磨磨碎,再用罗筛筛出的细面面(粗的用作猪食)。这样的粉状物和细面面,加进少许的食盐,拌匀后就成了他们果腹的食品。这种干粮咀嚼时满嘴跑很难下咽,所以挑夫们行进途中肚子饿了,就得选择一个有水的地方——河边或者堰塘边歇下来,吃一口干粮,再喝一口水。没有水,这些东西会堵在喉咙里下不去。早饭和午饭都只能这样对付,只有到了晚上住店了,才能向店主人讨碗开水,将这些东西调和了再吃。这说的是夏天,冬天就很难了,河水和堰塘的水结了冰,他们吃着自带的干粮,就只能顺手抓一把雪填进嘴里,等雪融化后再慢慢把干粮送进肚子里。那种艰难和苦涩,常人是无法想象的。在艰难困苦中,他们哼出了自己的歌:

挑脚工，不轻松。

夏天热，冬天冻。

吃炒面，塞喉咙。

喝口水，上下通。

月色白，残阳红。

淋秋雨，顶寒风。

…………

他们每次出门都是一起走，至少也是两三结群，一般不会单独行动。旧社会兵荒马乱匪患猖獗，途中需要相互帮衬；万一有个什么意外，也有人给家里传递个信息。完成送货后，回家也一起回。共同的生涯、共同的命运，把他们连成一个生命的共同体。他们靠体力换钱，雇主们在确保自己利润的前提下给他们分一杯羹，途中的任何意外他们是不会考虑的。夏天顶着烈日，冬天冒着寒风；雨天一身透湿，深秋一头严霜——艰苦和辛劳是他们的专利！

一条扁担两根绳,顶着太阳披着星;
有苦只能肚里咽,都缘妻儿要活命。

常年在路上艰难跋涉的挑夫当然不只是他们几个人,各地都有货物等待运出,所以各地就有了各地的挑夫。虽然地域不同,但其艰苦辛劳的境况是一样的。在城镇与乡村间、在城镇与城镇间,他们用自己的双脚踩出了一条条联络的线,这些线又终于成了一条条弯曲的路。山路没有尽头,挑夫们的苦涩也没有尽头。

驼铃摇醒山间的黎明

一轮残月还挂在树的梢头,骡马店院子里的灯便亮起来了。几匹牲口拴在院子里的扎马桩上,绰绰的人影正忙着把昨天卸下的驮子整理好,并稳稳地重新安置在牲口背上。当觉得一切停当之后,便一声吆喝走出院子上了路。月亮和星星把清冷的光筛下来洒在店外的路上,也洒在骡马和毛驴的身上。夜很静,忙人和闲人都还幽卧在梦里,整个世界似乎只有这支马帮在行进。毛驴蹄子上的铁掌在敲击着路面,发出"哒、哒"的响声;毛驴脖子上的铃铛摇晃着,要摇醒这山间的黎明。

这是小镇的一个马帮。

和小镇的挑夫相比较,小镇的马帮就轻松得多了。虽然他们同样是干着"物流"这个老行当,但他们依仗的不是自己的肩膀,而是鞭影下那群毛驴。三四个人、十来头驴组成一个马帮:前面一人领路,引导毛驴不错道;后面一个人压阵,确保毛驴不掉队;其他的人走在队伍中间。一路上,他们一边摇着鞭杆,一边说着闲话。他们的"闲话"都很陈旧,都是说过很多遍的旧话老话,当然也不乏男人和女人间的故事。

小镇养牲口干托运的人不少,我知道的就有涂正照、毛东明、涂大宗、蔡秀发、刘克平、刘公国,堂兄毛庆顺也干过这个行当。和挑夫们一样,他们也是组帮结队,三五成群在一起干。在小镇的马帮中,年纪最长、资历最深的要数涂正照涂大爷。他精神矍铄,声音洪亮,肚子里有永远也讲不完的故事。随马帮行走,他总带一根粗竹根做成的拄杖，这拄杖既是他的拐杖也是他的旱烟管；天黑时拄在手上，月光下扛在肩上。拄杖的中间挖了一个孔，孔中嵌进一个黄铜做成的物件，这个"孔"就是他的烟袋窝；犯困时在烟袋窝里装满烟丝点燃了就吸，一吸就来劲，话匣子立马就打开了。毛东明是我大伯，他和涂大爷在一个马帮。听大伯说涂大爷那个烟袋窝特别大，一袋烟从点燃到熄灭后剔除能持续四五里路。

沿途有或大或小的骡马店，在哪吃饭、在哪歇脚，他们有较固定的落脚点。到了店他们只需喊一声，伙计们就出来了。他们把毛驴交给伙计们，便径自找一个临窗的大方桌坐下来，从脖颈里抽出那根斜插着的旱烟管抽了起来。烟丝刚刚点燃，一壶新沏的茶就上来了。茶杯里悠悠地冒着热气，烟袋窝窝里嗞嗞地袅着青烟……一种歇下来的轻松便弥漫开来。因为是老顾客老熟人，掌柜的免不了要出来搭讪一番，说些"恭喜发财"的话。一切程序完成之后，他们的话匣子就打开了：没有新内容，还是路上那些说过多遍的老话。

和挑夫们相比，从精神到肉体他们都要轻松许多。怎么会不轻松许多呢？一头毛驴至少驮二百斤，如果是骡子驮得更多；一家有两三头，算算至少顶六个挑夫的运载量。出来一趟，要顶一个挑夫出来六趟。何况，他们也不全是只赚点运费，看准了也顺带搞点贩运，赚差价比赚运费更来钱。当然，购买毛驴得花点本钱，但那是一次性的，一次投资长期受益啊！和全凭卖苦力赚钱的挑夫们相比，在经济上他们是宽裕的。囊中不再羞涩——轻松当然就会挂在脸上和嘴边。

他们坐在方桌边，透过窗子看得见院子里的毛驴：伙计们先是卸下它们背上的驮子，很整齐地摆放在一起；接着又解下背上的鞍鞯。然后，用一种很柔软的小扫帚，轻轻地抚弄它们汗淋淋的背，认真梳理被鞍鞯弄乱了的脊毛。毛驴许是很舒服，站在那里一动不动，鼻子耸动着一下下打着响鼻。等觉得一切都可以了，伙计们再把它们牵进栏里，栏里有早已准备好的草料。因为马帮要在这里吃饭，所以牲口的草料都是免费的。

　　说到吃饭，马帮也有自己的讲究。如果是中午，他们只是简单地吃点饭，休息一会儿就整装上路。如果是晚上就不一样了：他们会叫几个菜，热热地煨一壶酒，慢慢地喝，慢慢地吃，慢慢地说，直到浑身的疲乏消除殆尽为止。叫来的几个菜一般是小菜，荤菜一般都是自己带。他们各自都备有一个随身携带的小铁盒子，盒子里面有一个油纸包，油纸包里包着腊货（诸如腊鸡腿、腊香肠、腊鱼块等），吃饭的时候拿出来自己吃。这样做店主人会少赚钱，但因为是老主顾也就从不在意。

　　小镇的马帮就这么过着，一代复一代，一年复一年。

　　当然小镇的物流不只是靠这几支马帮和前面说的那几个挑夫，临近的县市和城镇也都有自己的马帮和挑夫；我们把货物运出去，他们把货物运进来。他们脚下的路像一张网，这张网联结着远远近近的城镇——就像血管组成的网确保了人体的永不衰竭一样，这张物流的网则确保了物资流通和社会繁荣。

史先生和小史先生

小镇原来只有中医没有西医,每次看病都是从"摸脉"开始。后来从外地迁来了个西医,先生姓史名亚东,街坊们一律称他史先生。他的落户,结束了小镇没有西医的历史。对他,中药铺开始颇有微词,街坊们也曾有过疑虑。不再用中草药了,靠那白粉粉、白丸丸行吗?那么长的针扎进肉里怎么受得了?但是,那白粉粉见效,那白丸丸见效,一针扎进去也见效!于是,史先生的西药铺由门可罗雀,慢慢变得门庭若市。进过史先生铺子的人,还说了史先生很多很多的好话:

"史先生仁义,不乱收钱。"

"史先生和气，说话贴心。"

"史先生家热情，病人来了……一家人跟着忙。"

…………

史先生还真是不错！有本事，有医德；慢慢地，也有了人缘。

给人们印象最深的是：自从史先生来了后，天花和麻疹少了。咋回事呢？史先生的预防工作做得好。年年的那个时候，他总会带着家人背着药箱到处给孩子们搞预防。先上街，后下街，然后是镇子周围的乡间，挨家挨户地把"预防"送上门。那时候预防工作很原始：孩子哭着叫着露出膀臂后，史先生先捏着并将孩子的臂肌绷紧，然后快速地用小刀在绷紧处划出一个小口；紧接着便由等在一边的妻子用注射器推一点药水在创口上。一个孩子操作完了，然后再如此这般地进行下一个。就这样，逐个逐个地进行，一个孩子也不漏掉。需要特别说明的是，所有这些都是免费的，一切开销全由史先生自己负担；而且，在巡回预防期间，他自己的西药铺关门歇业，这又是一大笔损失——而这一切史先生是从不计较的。

由于环境闭塞，习惯了中医的"一把草药一罐汤"的治疗方法，街坊们对西医的一颗药丸一根针乃至一把刀的治疗多少还是有些不习惯。别说大的手术，就是这预防天花和麻疹的一个创口一滴药水的做法，在有些街坊看来就很有些心惊肉跳。他们不忍心听到孩子那撕心裂肺的哭声，更不忍心看到自己孩子膀臂上的那滴殷红的鲜血。所以，每当史先生偕同妻子背着药箱到来的时候，牵着孩子朝一边躲的仍不乏其人。他们说："万一倒霉碰上了（指患上了天花、麻疹之类的），吃点中药表一表就行了，何必挨那一刀！"像这样的情况小镇有，小镇周边的乡间就更有。

对这样的情况,史先生的办法是登门说服。预防是主动的,主动预防很容易;治疗是被动的,被动治疗往往要费很多周折花很多钱。还打比方说,这好比农家堰塘里要蓄水,天晴的时候就要把水沟挖好,下雨了山上的闲水才会顺着沟流进塘里;如果天晴不挖沟,等到下雨了才想到要挖沟,那就来不及了。这些道理,史先生不知说过多少遍。史先生还常常拜访一些老中医,向老中医们汇报西医对天花、麻疹的看法和治疗理念,希望能得到他们的配合,并和他一起动员大家积极做好预防。老中医们"悬壶"的目的也是"济世",况且史先生的效果他们也看在眼里,于是就站出来协助——虽然总免不了有些扭捏。上街的黄杏林中药铺、下街的王海峰中药堂都有过很好的配合。

…………

关于史先生其他的事情我知之甚少。比如他原籍何处我都不知道,只是从他的口音知道他是外地人。史先生的小儿子叫史继昌,从小学到初中,再到高中,和我一直是同学而且同届。高中之后他没有再上大学,出于服务社会的强烈愿望弃学从医跟着父亲当了学徒。出道后,先在乡下卫生所,后在小镇卫生院一直干到现在,据说干得很不错。小镇人因为很信赖史先生,因而也很信赖他,总叫他"小史先生"。

郭裁缝——小镇美的使者

缝纫店在小镇的出现是1949年以后的事情了，此前这里有裁缝这个职业，但没有缝纫店这个门市。我记得那时候，除非家里人多或遇有喜事，一般情况下衣服都是自己做。民间也有专门以帮人缝制衣服为业的，这类人大家一律称其为"裁缝"——姓王，称王裁缝；姓李，称李裁缝。因为没有专门的门店供其执业，所以他们都是上门服务。小镇的下街就有这么一位，姓郭，男性，大家都叫他郭裁缝。

郭裁缝，一年中有两个时间最忙：一是端午节前，二是年节前。

端午节孩子们要穿新衣"摆端午"（小镇

把端午穿新衣叫"摆端午"——摆,有"显摆"之意),孩子多的人家自己做不过来就得求助于他;年节就更不用说了,不光孩子要穿新衣,就是大人也得备点新衣服,所以从入冬开始他就忙起来了。除了这两个时间点之外,谁家有婚嫁、寿庆之类的喜事也要请他。在小镇和小镇附近一带的乡间,他的技艺是最好的:首先是按体裁衣,他裁剪的样子最合身;其次是飞针走线,他的针脚最细密、最匀称。能者多劳嘛,请他的人多,他忙就可以理解了。

一般情况下,家户人家请裁缝做衣服只会请他一个人,但实际参与缝纫的却不只他一个人。无论哪家请他,那家主妇总还会在自己的亲戚和走得比较近的朋友中请几个针线活好的女人来打下手。大家聚在一起,郭裁缝负责裁剪,女人们则专心走线飞针;虽然是临时组合,但配合却是样样默契。女人们也都喜欢和郭裁缝一起做活，原因之一是郭裁缝一辈子做女人的活儿，也一辈子和女人们一起做活儿，多多少少也染上了些女人气，相互之间都觉得好接近。他们在一起，手在不停地做活，嘴在不停地说话。说什么呢？郭裁缝的话题多半是哪家姑娘出嫁，做了多少套嫁衣置办了多少嫁妆；或哪家老爷子、老奶奶大寿，衣服用的是什么料子，又是些什么款式，而这些又刚好是女人们爱听的话题。原因之二是在裁剪缝制的过程中，他常常会在技艺上给点指导，这对女人们来说又都是很需要的——聚集一次提高一次，这有什么不好呢？她们就这样一边忙活一边闲话，既精神愉悦又艺有长进，快活得不得了。

我认识郭裁缝很早，因为我们两家住得很近。但真正给我留下印象的，是我满九岁进十岁那年的腊月。那年腊月家里要为我举行一个"过十岁"的仪式（有些地方时兴给孩子"过十二岁"),有很多亲戚朋友届时要登门祝贺送贺礼。那次请他来,除了准备全家年节的衣服外,就是为我备办生日的新衣服了。父亲很重视,在堂屋里搭起一个又大又宽的案子,母亲找来了和她最亲密的玩伴来协助打下手,郭裁缝和请来打下手的几个女人分坐在案子的两边忙活。冬天有些冷,堂屋里还专门烧起了一盆火。看看都是熟人,屋子里暖烘烘的,大家心里也暖烘烘的。我记得那一次,郭裁缝带着大家一连忙活了好多天。

我忘了在哪本书上,读到过一篇介绍宁波裁缝的文章。文章说那个裁缝的技艺非凡,有个顾客拿着布请他做衣服,来人说穿衣服的人中等个头,因为忙没来,请那个裁缝估摸着做就行了。宁波裁缝没说什么,只是询问穿衣人的性情、年纪、状貌并何年得科第等,绝口没问那人身高、肩宽、臂长等尺寸问题。来人感到很费解：怎么不问问尺寸，光问这些和裁剪没关系的事？裁缝说："我问的这些和衣服也有关系。少年登科及第的人，性情傲慢，胸会挺得很高，衣服需要前长后短；老年登科及第的人，心情倦怠，脊背佝偻前俯，衣服需前短后长。肥胖的人腰宽，清瘦的人身仄。性急的人衣服适合短一点，性情柔和的人衣服适合长一点。至于身长尺寸都有现成的方法，有现成的方法就没有必要多问了。"我很佩服这个宁波师傅，给人裁剪衣服竟然"据以尺寸，考其性情"——这衣服不仅"合身子"，还"合性情"！我们小镇的郭裁缝不知是否也有这个能耐，估计在"尺寸"之外他肯定也会考虑其他因素。我听刘先生说过，说他"给生意人做的衣服，穿上身就像生意人；给读书人做的衣服，穿上身就像读书人"。如果刘先生说的是事实，那说明郭裁缝在动剪刀之前也于尺寸之外考虑过其他因素。给我做衣服他是先量尺寸的，但量过之后还要我原地转着圈让他看看。看什么呢，未必也在考虑其他因素？这些，只有郭裁缝自己心中有数。

和缝纫有关、专给郭裁缝"填漏补缺"的还有一个人，谁呢，他老婆。

郭裁缝的老婆人生得小巧玲珑，也是个飞针走线的能手，但郭裁缝从不让她走出家门做生计。因为他还有个老娘在家，老娘需要人照顾。她留在家里除了照顾好婆婆，就专心专意加工"布扣"。她那编制布扣的活儿也是一绝：用各样的布条先缝成一根圆滚滚的细带子，再把细带子编制成各种各样的布扣——有蝴蝶形的，有万字形的，凡流行的样式她都会编。谁家姑娘做嫁衣或老人庆大寿，她编制的布扣就派上用场了。这类布扣一般人不会做，她能做出来，能为你的服饰增辉添彩，当然人们不会白拿，会付费的。她这个手艺，一年也能赚不少钱。丈夫能干，妻子也能干——街坊们都说"不是一样人，不进一家门"，这话用在他们两口子身上，还真是一点也不假。

…………

在小镇和小镇附近的乡间，郭裁缝总是匆匆地来匆匆地去。他的行囊很简单：一个帆布包，包里装着一把尺子、一把剪刀、一个针包、一柄烙铁；那个帆布包就夹在腋下，人到哪帆布包就到哪。还有两样东西也是每次必带的：一样是眼镜，他在上衣左边的胸袋处缝有一个狭长小口袋专门存放眼镜，用的时候顺手抽出来，不用了又顺手放回去；另一样是两枚顶针，一个套在中指上，一个套在无名指上，就像阔佬们戴在手上的两枚大戒指。

老辈人和我们这一代人大多都穿过他裁剪的衣服，也都喜欢穿他裁剪的衣服。他是小镇美的使者!这样称呼他,我觉得一点也不过分,甚至这样称呼他老婆也不过分。

小镇有两个女汉子

小镇的街坊中还有两个极特别的妇女,虽然年过半百却时不时出卖苦力替人打工。

这两个妇女一个姓赵、一个姓聂,我们这些晚辈们都称她们"赵妈"、"聂妈";长辈们却一律称她们"赵马马"、"聂马马"。"马马",在小镇是对老年妇女的一个泛称;虽说没什么贬义,但绝对不含有尊重。

先从赵妈说起。

打我记事的时候,她就快五十了。丈夫姓蔡,我称他"蔡叔"。蔡叔是个闲散潇洒惯了的人——他养两头牲口替生意人搞运输,他在外的时候多在家的时候少,一应家事全甩给了老婆赵妈,自己则"全甩手"。每次从外面回来总要先休息几天,串串朋友打打小牌,任凭家里的事情成堆也是不管的,街坊们送给他一个很堂皇的绰号"小掌柜"。他常常说:"事是做不完的,钱也是赚不完的;做人嘛,既要会干也要会玩,别总想着赚钱。钱多吃干点,钱少吃稀点——怎么过都是一辈子。"可赵妈就不这样想,她说:"人这一辈子,一半为自己活,一半为别人活,怎么也要活得好一点让别人看着顺眼。"两口子想法不同,处事方法也不同;彼此各行其是,赵妈心里虽有些抱怨,但藏在心里很少流露出来。家里有块一亩多的菜园子,上季种火麻,下季种白菜;从播种、管理到收获,除了换回的钱交给蔡叔保管外,其他全由赵妈包下来。蔡叔跑运输的收入加上赵妈种地的收入,对家庭的各项开销应该是应对有余的。可是赵妈——偏偏就不这么想:闲着干什么呢?

多做点总比少做点好，只要能动弹就动；力气用完了睡一觉又会回来的。除了种好自家那块菜地，余暇时间总还想着干点别的。干些什么呢？我知道的有这么三样：

一是卖冷饮。

年年暑天的热集（农历单日）乡下来镇子赶集的人多，烈日炎炎咽如焦釜，想饮一杯解解渴是大家的共同需求。赵妈瞅准这个就做起"石花粉"生意来，于是镇子上就多了一副"石花粉"挑子。她早早地起来草草地吃完饭，就赶往繁华地段占据一个往来人多的去处。安顿好摊位之后就到附近井里打来两桶凉沁沁的井水，一桶倒进一个专制的木桶内，一桶放在一边备用。接下来，就把石花子装在一个洁净的白布袋子里放在那个专制的木桶里浸着，稍候片刻再用手搓揉这个浸着的布袋。在搓揉的过程中，有一种白色的浆汁从布袋的缝隙中被挤压出来并溶解在水中。由于浆汁的渗入，桶里的水不再清澈，呈现出一种灰白而黏稠的模样。这时，赵妈把包着石花子的白布包从桶里取出放在一边，又去调制配料——茄子汁。一个小盆里装有一些清水，一个白布包里装有切碎的茄子块，就像搓揉石花子汁液一样，把茄子包放在盆里浸泡搓揉直到盆里的清水变成浅褐色为止。一切就绪就开始"点浆"了，一手拿着勺子在装有石花汁液的桶里缓慢而均匀地搅动，一手则将茄子汁液慢慢地兑入桶中。一边操作一边观察，很像在豆浆中兑入石膏水做豆腐一样。赵妈说这叫"点浆"。浆点好了用一块白布盖上，不一会儿满满的一桶石花粉就做成了。待那块白布揭开，大人孩子就围过来了。赵妈的生意很好，有时候半天能卖出两桶。有人问过：为什么她比别人卖得快？她说："粉莫少给，糖要多加。卖的人不计较，买的人也就不计较了。"

二是赶场子。

小镇的生意人年年秋后会在一起商量，凑几个钱请人来唱几天戏让劳累一年的大家乐和乐和。小镇这样做了，小镇附近的乡间也跟着这样做，乡间一些家道殷实的人家年年秋后也在一起凑钱请戏班子，唱几天戏乐和乐和乡邻。这项活动就像现在的"戏剧节"似的，上午、下午、晚上一本一本接着唱。小镇上唱戏，农村的亲戚到镇上来看；农村里唱戏，镇上的人去农村看。小镇上的人去农村看戏，一去十多里，麻烦就来了。戏场附近有亲戚的，中午饭有人管无饥饿之虑；如果戏场附近没有亲戚的，饥饿之忧就在所难免了——回家吃饭不划算，忍着晚上回家吃当然就饿了。

赵妈从中又看出了商机，就挑着锅碗瓢盆去赶场，专门给为了看戏不回家的人做中午饭。

赵妈的这一举动蔡叔很支持，一切的辛劳总是和回报连在一起的——这一点，蔡叔是知道的。如果赵妈赶场的时候蔡叔正好闲着没出门，他还和赵妈一起去。但到了戏场赵妈是不会让他插手的，总是说："你去看戏，等中午卖饭的时候过来打个下手就行了，现在这里用不着两个人。"蔡叔也不争，就径自到戏台前看戏去了。

蔡叔走了之后，赵妈就忙开了：先是顺坡挖个灶架好铁锅，把柴火和一应碗筷什物整理停当，之后便担着水桶拎着菜篮子去坡下的水塘洗菜挑水。来来去去，风风火火，然而又中规中矩、有理有条。到上午的戏快唱完的时候，赵妈的饭菜已经做好了。一锅米饭，一盆白菜，还有几样卤菜——卤豆皮、卤豆干、卤猪头肉。三样卤菜都是前一天晚上做好的，时间短现场来不及，也不方便多做菜，就想到了准备几个卤菜应急——好在卤菜是不怕凉的。这时，蔡叔也从舞台前回到了灶台前。当想吃饭的戏迷们围过来的时候，赵妈和蔡叔已经扎好了迎宾的架势。

我小时候爱看戏（其实是爱哄热闹），遇到这种时候我父亲总是提前付了饭钱，交待一声"老赵，把我们家娃子带上"。赵妈也总是响亮地答一声"放心吧，饿不到他，也丢不了他"。早上我跟在他们的屁股后面去，晚上散场了又跟在他们的屁股后面回。

中午饭后，赵妈收拾收拾挑着锅碗瓢盆回家而蔡叔暂不回家，他要等到下午的戏看罢后再回去。蔡叔不回我也不回，我也要等到看完戏和蔡叔一起回家。

三是打零工。

小镇几乎家家都有点地，也一律是上季种火麻下季种白菜。火麻行销到什么地方我说不清楚，除极少部分留下来做绳索自用之外，大量的都运到外地去了,加工后可以派作其他用途。大白菜腌制后是平常人家餐桌上的主打菜,冬春两季蔬菜缺口大更是不可或缺;因为这,小镇的大白菜就远近闻名了。镇子附近的乡间就不说了,与小镇接壤的安陆、应山、京山等县的人家也都来这里购买大白菜。这么说吧,火麻和白菜是小镇人家的一项不可小视的收入,哪个家庭都不马虎也不能马虎。

然而,小镇的生意人多,前面是门脸后面是作坊——多属自己生产自己销售的那种。这样就常常出现一个问题:生意的"活路"和地里的"活路"冲突了;销售的商品需要及时生产,地里的活路又不能误了季节。怎么办呢,只得请零工下地对付。这样一来,赵妈高兴了:在不做石花粉、不赶场卖饭的时候,就帮需要的人家打零工。偌大一块菜地任何一样活路凭一个人的能力是完不成的,得搭班子拉上几个人一起干。这就牵出了上面提到的另一个妇女聂妈,打零工干地里活她们俩是常常在一起的老搭档。

菜地的活路很多,整地、下种、除草、间苗、治虫、浇水、施肥,等等。这些活路有些适合男人干,有些适合女人干,但赵妈和聂妈是"全把式",什么活路都能干。我们家有一亩多地,下季白菜的间苗和治虫年年都是包给她们俩。为什么要包给她们俩?父亲说,她们认真,把别人的活儿当自己的活儿干。事实也真如父亲所说,比如治虫这活,年年都是有露水的时候,白菜的治虫就开始了。治虫的药物是一种自制的红色的粉状物(小镇人称"南山根"),施药必须赶在早上太阳出来前露水未干的时候,这样药粉才能借露水凝固在菜叶上;如果太晚了露水晒干了再施药,风一吹菜叶一颤药粉就从菜叶上滑落,药效就没保证了。为了保药效,她们常常牺牲自己的休息时间,有月光的时候她们借着月光干,没有月光的时候天不亮就下地,凭着晨曦的一抹微光开始干。在小镇,挤时间给人打工的人还有不少,但能像她们这样诚挚、认真、一心为雇主着想的就不多了。

戏剧节的大幕秋后拉开

小镇有小镇的欢乐。每年秋天稻子登场以后,三里五乡的乡民们便闲下来了。这时,小镇一年一度的"戏剧节"也就开始了。"戏剧节"是我借过来的一个名字,实际就是生意人大家凑钱请戏班子唱几天戏给大家看。

关于戏,小镇有不同于外乡人的一些说法,比如:一曲戏不叫"一曲"而叫"一本",《打渔杀家》是一曲戏,他们却说是一本戏。再比如:请人家来唱戏要签个合同,规定什么时候唱、唱多少本、每本多少钱等等,他们也不叫"签"而一直习惯于称"写"(写几本戏)。小镇的戏剧节要唱多少本戏呢?一"写"就是十几本，上午、下午、晚上每天三本，一开场就连唱好几天！因为时间集中，很像现在的戏剧节。所以，我就借用了"戏剧节"这个词儿。

　　小镇人"写戏"有标准，不追求故事的连续性，只看重内容的伦理性——一句话，得有点教育意义；当然，有时候也选一些带喜剧色彩的戏，比如楚剧中的滑稽戏《葛麻》就多次演过。戏"写"好了，时间定下来了，请客前来串门看戏的"亲戚大串门"就要开始了。小镇人到乡下的亲戚家告知唱戏时间、表达恭候前往观赏的愿望；乡下的亲戚们听了一阵哈哈笑，地里的活忙完了正闲着呢，对前往看戏的邀请没有不答应的。"亲戚越走越亲"，小镇人很重视这个戏剧节，他们把这个活动当成是亲戚间相互联络的一个契机。我们家亲戚不多，仅有的几家亲戚又多住在镇子上，所以即使到了那一天客人也不多。每年这个时候，母亲就有些不快活,说我们家是"一窝孤鬼"。

戏台就搭在街南头河边的柳树林里,一出街口就到了。

戏剧节期间,最乐和的就是小镇的孩子们。开唱以后我几乎场场都到——平心而论,也不是因为我喜欢台上演唱的内容,而是喜欢那个闹哄哄的气氛。那可真是叫人开心啊,早饭之后不久,戏子们还在后面化妆,台上的锣鼓就响起来了。咋回事?我们那里把这叫作"打闹台",有"催促看戏的人快来"的意思。在长长的锣鼓声中,人们从不同的方向沿着不同的路聚拢过来。小伙子们追追打打、你推我搡地往前走,疯疯地狂傻傻地笑;女人们一手拐个凳子一手拉着孩子跌跌撞撞地,嘴里还不停地骂孩子"吃铁疙瘩了?……慢死!"那些从乡下来的姑娘们比起来要文静得多,她们跟在母亲的后面躲闪着往前走,既要给疯小子们让路,又要给拉着孩子的女人们让路;那小腰板扭过来扭过去,那小辫子也就跟着摆过来摆过去。

　　小镇和小镇附近乡间的女人们因为生活的拖累平常都是不太讲究的,但一到这样的时候多少也都讲究起来了。头发洗了抹上了菜籽油(不知道别处的女人们怎样,我们这里就是这样的——抹菜籽油,一律地抹菜籽油),一头乌黑的头发在秋日的阳光下泛着明亮的光;脸也洗得洁净,还薄薄地抹上一层香喷喷的雪花膏(一种民间生产的专供普通妇女使用的护肤品)。秋收过了,农活完了,她们也显示出少有的轻松和愉悦。她们走一路香一路,连那些慢吞吞荡着八字步的老爷子们也时不时要瞥一眼。

　　锣鼓还在焦急地响着,随着一阵紧一阵的锣鼓声,台前看戏的人渐渐地多了起来;戏场上那种菜籽油和雪花膏的混合味儿,经过秋后阳光的蒸腾,弥漫得满场都是。虽然锣鼓催得紧,但人们还是不慌不忙地依着自己的节奏行事。因为很多戏都看过多遍,情节都熟,甚至连唱词都能背下来——这样的演出,多听一句少听一句有什么大不了?

…………

这样的戏剧节不光小镇有,小镇附近的乡间也是有的。农村那些靠着收租过日子的大户人家,有时候也会从腰包里摸出几个小钱凑在一起"写"几本戏给农户们看,但在时间上绝对不会和小镇冲突。或者提前一点,或者滞后一点,以便城镇和乡村间的礼尚往来。镇子上唱戏乡下人做客,乡下唱戏的时候就轮到小镇人做客了,只要不影响做生意,他们也是会去的。无论是镇上还是乡下,都把这样的活动看成是大事,轻易不会让对方扫兴。

风度翩翩的江湖先生

乞丐不一定都是沿街乞讨的叫花子，也有穿着整洁、风度翩翩的文化人。这类乞丐，我们小镇的街头旧时常有，小镇人称他们为"文丐"或者"江湖先生"。

冬春的时候他们穿着洁净的长衫，长衫外套着一件中式马褂；夏秋的时候天气热了起来，他们则身着白色短衫，白色短衫明显偏大，走起路来总是翩翩地飘动。但无论什么季节，手里总拿着一把文人才有的大折扇——文静潇洒、眉目清朗，完全没有落败者的卑微。他们的肩上总有一个褡裢，褡裢里鼓鼓囊囊装着写的东西。

他们一边走一边朝街两边的店铺看，遇有生意人正在店堂里闲着便转身进店，恭恭敬敬地和掌柜搭讪。我们家两间门面，靠南的一间有个长长的柜台，没事的时候父亲爱坐在里面悠闲地抽着水烟。因为这，父亲常常是这类江湖先生接近的对象。从我记事的时候起，就时常目睹那一幕：

江湖先生进来的时候，父亲也很恭敬地站起来，微笑着隔着柜台迎接他。江湖先生并不多说话，只是慢慢地取下肩上的褡裢，从褡裢里取出一幅装裱也算精美的字或画，然后慢慢地展开并平摊在柜台上请父亲观赏。父亲知道，请观赏只是一个形式，目的是要观赏者付费。如果时间尚早，父亲并不耽误江湖先生的"生意"，总是草草地看了便立即付费（付费可多可少，全凭掌柜意愿），让他早点去到另外一家。江湖先生以"得钱"为目的，时间就是金钱——

父亲很清楚这一点,所以从来不耽搁他们。

我父亲只读过两年多私塾,对书画之类是绝对的门外汉。但他能为江湖先生着想,能善待这样的江湖先生,我估摸着这可能与我爷爷的身世有关。我爷爷是清末秀才,一生以坐馆授徒为业,也写得一笔好字,在小镇周遭的十里八乡也算得小有名气。但一个没有任何背景的普通塾师是清苦的,虽然学费无须自己讨要,但薪酬微薄仅能保住自己一人的温饱而已。因为这,我父亲敬重读书人,也同情读书人。他对读书人敬重的程度有时让我吃惊:不仅敬重读书人,就连和读书人有关的事物也很敬重很珍视。就连一张普通的字纸——即令是我上小学的涂鸦,也绝不允许随意丢在地上;确实没有用的,他会拾起来送进灶膛烧掉,绝不让任意丢弃践踏。他说:"要敬惜字纸,不敬惜字纸,随便用脚踩了是会瞎眼睛的。"噢噢……已经由敬惜而至敬畏了。我知道，说"用脚踩了是会瞎眼睛的"连他自己也不会相信。他这样说是在吓我，而最终目的是要我尊重文化、尊重文化人。从这个角度来窥视他的心理，父亲对江湖先生的敬重以及对其出示的书画作品的珍视就可以理解了。

…………

对这样的江湖先生，我父亲从来不让人家失望，绝对不会不给钱就让"走人"。给钱还要想到"吉利"，数目要和六或八联系起来——有祝福对方"顺"或"发"的意思。如果时近中午，眼看就到午饭的时候了，父亲还会留下江湖先生吃过饭再走。先生答应留下来了，父亲还会吩咐我哥去请街南头的刘义存刘先生来作陪。刘先生是个文化人，是小镇读书最多、文化程度最高、字写得最好的人。请义存先生作陪有两个原因：一是父亲不会喝酒，刘先生有量可以陪来人小酌几杯；二是刘先生会写字、懂书法，他们有共同语言能说到一块儿。刘先生很健谈，尤其喜欢聊写字的事，有他作陪一边聊一边喝，来人会有故人相逢宾至如归之感。上门来的江湖先生，有的不是第一次，考虑到不便过多打扰而执意要走也是有的。对此，父亲也不强留。

  1949年以后，这样的"文丐"已经没有了；也可能是读书在外，我没有目睹而已。

礼三先生和他的半个药店

在前面说过下街有两个药铺,其实只有一个半。药铺有两家:王海峰先生一家,傅礼三先生一家;但傅家的药铺只能算半个不能算一个,其中缘由听我慢慢解释。

礼三先生何许人也?此人姓傅,名礼三;大家都习惯叫他礼三先生。这人中等偏下个头,不苟言笑,见熟人也只是"眯眯地"点点头。说他的药铺只能算半个,是因为他只卖药不看病,而且他的铺子所卖之药仅是仁丹、冰片、朱砂等等。这些药似乎只能起辅助作用,治不了大病。所以生意清淡,顾客寥寥;有人买药他就卖,没人买药他也不着急。开药铺而不急着卖药——既像个药铺,又不像个药铺。所以,说他的药铺只能算"半个",这一点也不冤枉。

为什么会这样?有原因。

他家在下街中段,是处坐东朝西有着两间门面的老宅子。宅基地不小,足可建成两进、两间加一天井院的大房子,但因为人少就没全盖起来。前面临街的两间门面租给一个姓潘的理发店老板,后面的两间基地改成了菜园,菜园子的东面是另一家宅子的后墙。中间院子的位置依北面邻居的山墙盖了三间朝南的横屋。横屋前是个小场地,场地靠南建有一个花坛,花坛里植一棵盘曲苍劲的荆条树。南边邻居的房子被日本人烧了,人搬走了房基地荒着。为了安全,礼三先生请人垒了一道矮墙,从前至后护着自己的菜地和院落。春季来了,矮墙下生出些连翘花,绿绿的叶黄黄的花很鲜艳。夏季到来,矮墙上爬一些金银花,花朵嫩得像豆芽，香味也浓郁。秋后的太阳从南边照进来，小院里暖烘烘的；没人的时候，礼三先生和他的老伴常坐在院子里晕晕乎乎地晒太阳。那块屋基地改作的菜地，其实也没很好地种菜。矮墙处栽了一棵棕树，据说棕树皮是一种药，小孩子流鼻血用那东西煮水喝有奇效——这恐怕也是礼三先生栽植它的初衷。菜地四周墙根处混杂着种植些药草，其中一样是三七——我家菜地也种有这东西，所以我认识。余外便是些菜，星星点点不成气候长得也不好。礼三先生说："两个人能吃多少？不管它……长成啥样是啥样。"

前面两间门面房虽然租给了理发店，礼三先生和偶尔上门求药的顾客仍可以从理发店出入，这是签租赁合同时已经说好的。下街只有这一个理发店，我每次理发都是到这里来的。在坐等的时候，也偶尔瞥一眼里面的小院。我看到的情形是：礼三先生朋友不多，常来常往的只有几个人；这并不能说他人际关系差，而是他有他的选择。他当然不可能做到"谈笑有鸿儒"，一个巴掌大的山间小镇，哪来的"鸿儒"？但绝对是"往来无白丁"的，这一点可以肯定。常和他聚在一起闲聊的有三个人：一个是刘义存刘先生，一个是理发店对门周全泰杂货铺的周老板，再一个就是街南头庙上的主持吴师父，三个人中吴师父来的时候很少。

刘先生是小镇读书最多的人，而且写得一笔漂亮的毛笔字；那笔字就目下的"标准"，他该是很多书法家的老师了。旧社会有钱人家老人过世除请一班道士、僧人做"法事"外，还要请一班文人充当"礼宾"做文事，他是首先要请的"礼宾"之一，因为他的祭文写得漂亮。他和吴师父碰了面，没别的话题就是聊给死人作祭文的事。他的记忆力特别好，参与过的丧事都记得清清楚楚：哪一次有哪些人参加，祭文是谁写的、谁读的他都如数家珍；如果祭文是他主笔的，他还能当下一字不漏地背诵几段。周老板并不完全懂得他们谈的这些东西，只是生意闲了又不愿意去牌场打牌，就过来加入他们的行列。铺子里如果新近有了好烟丝，也顺便带点过来请大家尝尝。礼三先生是东道主，就忙着给聊友们杯子里续水，续完了水也坐在一旁愣愣地听，很少插话。

　　如此漫不经心地经营自己的药铺，能糊住自己和老伴那两张嘴吗？当然很难。但据说，礼三先生乡下还有些地，田地的产出足以温饱自身和老伴。他乡下还有个很好的庄子，只是因为太过闭塞，过不惯那种"多见树木，少见人烟"的日子，才把田地和房产撂给自己一个兄弟代管，自己就带着老伴出来了。他略通医道，但还不能给人看病；开个小药铺，实实在在只是为了混混身子，赚钱是次要的。他卖的也都是些辅助性药物，治不了大病所以也就赚不来大钱。

我母亲热天离不开仁丹这个药，每次都是我去礼三先生处购买。见我走进小院，他就问："还要仁丹？"我说："嗯。"他就转身进屋，我就尾随其后。三间小横屋安排得很妥帖：西边是寝室，东边是厨房，中间算是正屋。正屋的布置也很考究：正面墙上悬一幅水墨中堂，左右是副对联，道是"清风明月环旧宇，残山浊水都遗诗"。中堂下是一旧式条案，条案下面是一张方桌，方桌两边各有一把大圈椅。条几上除两个象征平安的圆柱形瓷瓶外，两端各置一个垛柜。透过玻璃柜门能看到垛柜里大大小小形形色色的蓝花长颈瓶，这两个垛柜就是礼三先生药铺的全部家当。他打开柜门，取出一个蓝花瓶和一张事先裁好的方块纸。他先把纸摊在一个盘子里，又看了我递过的钱，就把药取出包好递给我。

几乎所有的生意人都在考虑利润，而且都在为着利润的最大化而奔忙。礼三先生似乎是个例外：为着利润？他生意清淡，利润能有多少！为着人气？他圈子窄小，人气有也不火。他或许只是在追求一种味道：清淡和闲适。前面说到的那个刘义存刘先生常说："清淡是生活的至味，闲适是人生的大福。"不知道礼三先生是不是也有同感，如果不是有同感，就无法解释他的生存之道了。

娃娃们都盼"过十岁"

很多地方娃娃们到了十二岁,要举行一个很隆重的庆祝仪式,届时亲朋好友都要携带礼物登门祝贺——这个仪式叫"过十二岁"。我们小镇不这样,娃娃们"过十岁"不过"十二岁";娃娃们的这个仪式,比一般地方要提前了两年。而且,说是"过十岁",其实还不等到十岁,在满九岁进十岁的那天就举行。为什么会这样?小镇人说这叫过"旺生"(旺者,兴旺也;这样娃娃会成长得更顺利)。

"过十岁"的仪式很隆重,仅次于结婚。

我的十岁生日就过得很热闹,请厨师,办酒宴就不必说了,最让我高兴的有几样,一样是客人们带来的礼物，五花八门全摆在堂屋的大方桌上，每一样都用红纸条圈着。有新鞋，有衣料，有吃食；最灼我眼球的是大舅送来的那顶帽子。那帽子真好，面子是黑色金丝绒的，里子是红色绒布的，帽子顶上有颗亮闪闪的黑玻璃珠子，前面脑门处还有块淡绿色玉石——那是块真玉石，不像现在，说是玉石其实是块绿塑料。在所有的礼品中，那帽子最为出众。礼品摆在桌子上，女客们都围着看，也都说帽子好。大舅是个生意人，常跑随州、跑武汉，他说那顶帽子是从武汉买回来的。我小时候头发又密又硬，戴帽子都觉得疼，所以即令是冬天也是不戴帽子的。可是这顶帽子，我却很想戴。大家正在看正在说的时候，母亲也走过来了。

"你戴帽子疼，帽子给老三戴，行不行？"母亲说。我排行老二，老三是我弟弟。

"我先试试，要是还疼就给他。"我连忙拿过帽子戴在头上，对母亲说。

"行。只要你说疼，我就抓过来给老三。"母亲笑笑地，说话留有余地。

我当时正穿着件长棉袄，棉袄外面罩着一件新做的蓝色长衫。帽子一戴上去，嚯，立即赢得满堂喝彩，大家都说，"嘿……像个小先生！"母亲也很高兴，说："不大不小正合适，就像比着脑壳买的一样。行，就戴上吧。"母亲还要我戴着去让大舅看看，我就去了。

还有一样让我高兴的事情是那天家里还请了一班"锣鼓"。一班"锣鼓"由"一锣、一鼓、两个人"组成，任务是在堂屋的家神菩萨前摆起香案一边敲锣打鼓一边唱。请一班"锣鼓"来家里唱，也不光是娃娃十岁生日的时候请，娃娃满周岁也有请的；目的也是为了显得更喜庆更隆重一点。那两个人，既不是僧道也不是巫人，他们是职业的锣鼓演唱人；唱的内容也多是劝人尽孝、行善、自励、自强之类。演唱的时候，一般也很少有人专心去听，因为在哪都是唱那几个段子，大家早已耳熟能详。我记得那次在我们家唱的有这样几个内容：一是说十月怀胎怎么不容易，孩子要孝敬老人；一是讲一个孩子如何勤勉自励终至出人头地的奋斗故事。一段一个内容，因为没认真听大都不记得了。

十里不同风，百里不同俗。

在小镇，家家户户都很重视娃娃们的十岁生日宴，那是件既喜庆又隆重的事情。一般情况下，生日的前一天晚上客人就要来，那叫"暖寿"（像大赛前的小赛一样，有那么一点"热身"的意思），酒宴从那天晚上就开始了。第二天叫"正生"（正式过生日），为了保住那种喜庆的气氛，已经到场的客人是不能中途回家的。到了第三天，客人才可以走；但比较远的、不常来的女客还会留下来玩几天。家家户户都想为孩子办这件事，但又害怕办这件事；办这件事实在是太费力太费神了。老人们说："办完这件事，人都要脱几层皮。"嘴上这么说，娃娃们九岁满了还得照章办，这是祖宗留下的规矩。

因为准备的时间长动静大，附近的邻里街坊都知道。所以还有两拨客人也会如期而至，一拨是街坊，他们会几家联合起来"凑份子"（每家都出点钱）送礼过来；一拨是常在附近转悠的叫花丐帮，也会成串地赶来"恭喜"一下。丐帮很有意思，来到门前燃放一挂鞭炮，然后就"帮头说、帮众和"地说几句吉祥的话，就算意思到了。那些吉利话也都是现成的，到哪都是那几段。比如：

> 帮头说：来到掌柜大门前……

帮众和：喜呀！

帮头说：大红灯笼高高悬……

帮众和：喜呀！

帮头说：满门儿孙个个好……

帮众和：喜呀！

帮头说：龙榜之上名在前……

帮众和：喜呀！

…………

对前一拨客人必须认真招待，因为他们也是客人。

对第二拨客人也不能马虎：得在门外支起桌子，呈上一桌酒菜请他们入席；酒足饭饱之后，每人还得打发点钱（按现在的常规运作，每人起码得给10元）。这规矩不知起自何时，到现在还延续着。

一家有喜事，乐遍众街坊

一家有喜事，乐遍众街坊。这里说的"喜事"，主要指儿子结婚姑娘出嫁，儿子结婚尤其被视为喜事中的喜事！谁家的儿子要结婚了，什么时间结婚，姑娘是哪家的，大家都清清楚楚。遇到这样的事，主家乐是必然的，可街坊邻里也跟着乐。

好日子还没到，喜气就弥漫开了。男人们碰到主家的当家男人，总是不忘道一声喜："恭喜啊，今年接（娶）媳妇，明年就有孙子了。"女人们更精诚，会三三两两地结伴登门祝贺；而即将当婆婆的女人总会丢下手上的活，陪着来人聊一阵子。女人们大都善于表达，祝福的话说了一遍又一遍；说完了还会到准备好的新房里看看，摸摸亮灿灿的新被子，摸摸白晃晃的新蚊帐，一边看一边赞不绝口。那个乐和劲儿，就像是自己的儿子娶媳妇似的。

好日子终于到了，新娘子的花轿还没进街口，爱热闹的人们就早早地拥到街中间了，有的人早饭没吃罢还端着碗。干啥呢？等着"看新姑娘"（本来应该是"看新娘子"，可是小镇人一直说成是"看新姑娘"。我想：可能是觉得在走进男方大门之前，姑娘还没有变成娘子的原因。但为什么要在姑娘的前面加一个"新"字呢，这可能是他们觉得今天的姑娘不同于昨天的姑娘，经过打扮已经"焕然一新"了吧）。街口处忽然红光一闪，花轿终于进街口了。哦！红色的轿衣，红色的轿帘，红色的轿顶子，就连夹在两边的轿杠也是红色的。轿顶最上面是个圆圆的球状饰物，轿顶子的四角高高地翘起，一圈是飘动的金黄色流苏。抬轿的是四个壮汉，前面两个后面两个。早晨的太阳斜斜地照过来，花轿周围笼罩着一团喜气。

等待已久的人一拥而上，轿子被围得水泄不通。这个时候你留心看看会发现：男人们没有一个拥过来，他们只是远远地站着看；年龄大一些的妇女也没拥过来，她们大抵是刚从厨房里走出来，一边撩起围裙擦手一边看，也是远远地站着。拥过来围着轿子的多是些小媳妇、大姑娘和半大孩子，他们一边吆喝着"停下，停下……看看新姑娘"；一边就伸手去撩开那轿帘子。说这是规矩也好，是风俗也好，世世代代都是这个样子。轿夫们知道这是"规矩"，就适时地放下轿子走到一边去了，让乐意"看新姑娘"的人们围着折腾。男方请来专门负责奉烟敬茶的服务人员远远地看到了，忙忙地赶了过来给轿夫们奉烟道谢，也给远远近近站着围观的人们奉烟道谢。

花轿落下，轿帘撩开，里面端坐着一个粉面佳人。或许是那身红衣红裙的映衬，低着的脸上红扑扑的，一双手轻轻握着压在衣服的前襟；发间有简单的头饰，显示出一种朴实而简约的美。轿前的人闹哄哄的，有的说"真漂亮"，有的说"不漂亮"；不管怎么褒怎么贬，坐在轿里的新娘子就是不说一句话。新娘子知道有个"越闹越发"的说法，结婚就是要"闹"，只有闹了才能发人（人丁兴旺）、发财、发家。她还知道，闹起来说的话都是玩笑话不能当真，说"漂亮"也罢、说"不漂亮"也罢——全都是闹着玩的；再说，自己以前闹别人也这样说过。她端坐在轿子里稳住神儿，任凭外面怎么说，她只是端端地坐着。这时，外面有人喊"出来，出来走两步我们看看"，接着就有人把手伸到轿子里面去了。新娘子本能地向后缩，一双手也向身后放，接着就戏法般的从轿子里撒出些东西来，弄得花生、红枣和糖果满地都是。这时，人们不再关注轿子里的新娘了，都弯下腰四处拾起地上的花生、糖果。

在人们哄闹着低头拣东西的时候，轿夫们一声"起轿"，抬起新娘子就走了。

这说的还是小镇上娶媳妇这样闹，体现的是街坊间的融洽和亲情；街坊为着街坊好，都希望"主家"能借此一闹添人进口致富发家。小镇附近的乡间娶媳妇为了图个"越闹越发"，还有意不走近路走弯路——娘家和婆家相隔不远有近路，但偏偏不走这个近路要抬着轿子绕到小镇来走一趟。在这一点上小镇人"不欺生"照样闹，有时候还闹得更凶——据说这种乐意"走弯路"的轿子里，往往准备有更多的东西。

我小的时候也没少参加这样的哄闹。实实在在地说，那时候还没有完全弄懂人为什么要结婚，也没完全弄懂结婚怎么会是喜事。我参加一方面是出于小娃子爱热闹的本性，另一方面还是想吃那点撒出来的东西。因为同样是很普通的糖果，到了婚礼上，特别是经过新娘子的手撒出来之后就变成了"喜糖"——那糖就不一样了。而据老人们说，吃了"喜糖"一辈子牙不疼。所以，我被裹挟其中闹着要看新娘子，也有弄个喜糖防牙疼的意思。

小镇人有成人之美的本性，常常把别人的不幸当成自己的不幸，也常常把别人的喜事当成自己的喜事。说到邻里关系，有个戏里这样形容："不拆墙，是两家；拆了墙，是一家。"小镇的邻里间就是这样的，一直到现在还是这样。

敬祖、师道与祈愿

我接受的第一项礼仪训练——敬祖

1950年腊月二十四日,我满九岁进十岁,这是一个重要的转折点,结束童年进入少年。当时我哥参加工作不在家,我是在家的最大男孩。因此,从这一年过年开始,我接受了人生第一项礼仪训练——敬神祭祖。这是小镇和附近乡间的一种习俗:阴历七月十五(中元节)、腊月二十四(过小年)、腊月三十(过大年),已逝的祖先们要回来,这天家家户户都要有焚纸燃香敬神祭祖的仪式。仪式很烦琐,一律由当家男人主持。

我因为迟早要做当家男人,所以父亲提前对我进行参与性训练。我们家房子有三进:前面是门面房,二进是堂屋,最后一层是后屋,中间有两道天井院;仪式在堂屋进行。堂屋靠后墙设一神柜,神柜上方的墙上是红纸书写的"家神菩萨",中间写"天地君亲师位",两边是一副对联,道是"香烟篆就平安字,烛彩开成福寿花",把袅袅的烟和明明的烛说得很吉庆,上面是四个字"三多九如"。这四个字包括了几乎全部的祝福:"三多"指多福、多寿、多男子,"九如"来自《诗经》中的"天保九如"(如月之恒、如日之升、如南山之寿、如松柏之茂等九个"如"),全是吉利话,总的意思是祝福寿绵延不绝。在烛光的闪闪红晕中,气氛很喜庆也很肃穆。每次仪式,都是父亲恭立在一边小声指点,我一步步小心翼翼地按父亲的指点操作。当时虽然仍是个孩童,但总感到菩萨和祖先就在我的面前看着我,紧张得要命,不敢有一点差池。

敬菩萨比较简单，洗过手之后，先把钱纸、黄表、蜡烛和香条准备好。

钱纸五帖或七帖，黄表（黄色而薄，也是一种敬神用纸）三张或五张，蜡烛一对，香条十根。第一步，点燃蜡烛；再点燃香条，神柜上三个瓷香炉里各插三根，先中间后两边，余下的一根插在门外的墙缝里（敬天）；接着烧钱纸，点燃后分开作人字形架在地上烧；之后，烧黄表，点燃后拿在手上抖动着在空中烧，烧完后还需用手向上用力托，努力不让余灰落下来。第二步，待钱纸和黄表烧完后，敲打神柜上的磬，悠悠地敲三下。这一步不能少，"烧香不敲磬，菩萨都不信"，没有这一步前面的就算白费了。第三步，叩头。主持人代表全家叩头，别人不叩。另外，神柜上还设有三样"祭品"：三杯茶（称"敬茶"）、三碗扣饭（称"斋饭"）、一个煮熟的猪头和一根从头皮里穿过来的猪尾巴（一头一尾算一头猪）。这是敬菩萨的程序和各样必备品。在这个过程中，主持人要毕恭毕敬一丝不苟，其他人也得噤若寒蝉不得喧哗。

…………

这些仪式，看起来有点"迷信"，但它是一种情感表达。

遗憾的是，学成后我就出门读书走了，成人后又运动迭起，很少有用武之地。"文革"后，才又关上大门、拉下窗帘偶尔为之。

大年三十讲究多

今天又是大年三十,再过几个小时就是除夕夜了。

这时候,我蜗居在离小镇两百多里的地方想小镇,想到了小镇旧时年节的那些烦琐的讲究。那些讲究现在看来很是多余,但在当时小镇人却信奉得那样虔诚,执行得那样一丝不苟!我不愿意用现在人的眼光去看它、去评判它,只愿意去回忆它,去品尝隐含其中的生活的真味,以及隐含在小镇人内心的那些并不过分的企求。

大年三十的"年饭"家家户户都安排在早上,因为是早上就有了先后的区别:谁家的"年"来得早,谁家的"年饭"就早;谁家的年饭早，就意味着谁家新年的"运势"就好。这样一来，张家、李家各自争先"吃年饭"，就成了小镇年年必有的一个项目。但又绝对不能太早，太早了也是不算数的。什么时候最好最合适呢？用小镇人的话说是"一粉明"，"一粉明"就是天刚亮，就是东方刚出现粉粉的鱼肚白的时候。在普通人家没有时钟、没有手表的情况下，那个时间"点"是很难把握的。每年的这个时候，母亲总是早早地起来把饭菜做好了等着；父亲一会儿进来一会儿出去，得伸着脖子一遍又一遍地看东边那片天"粉"了没有。饭前得先在神柜前（天地君亲师牌位）燃烛焚香、化纸鸣磬，之后再燃放一挂长长的鞭炮；这鞭炮声就是新年到来的信号，也是判断谁家的"年"来得早晚的标准——这些前前后后的各个环节都要衔接得恰到好处。我父亲性子急，年年的这个时候会被弄得坐立不安焦灼不宁。

早饭后全家人就忙开了！妇女们在厨房忙，早上做了一大锅饭，中午还得做一大锅，现在正在淘米、滤沙；备办菜蔬的事就不用说的，那更是最重要的事情之一。早上做了一大锅，中午怎么还要做？这是规矩：正月初一到初三，只能吃没吃完的"现饭"，不能吃新鲜饭，客人再多也这样。为什么呢？讨"吉利"呀，因为只有这样才能预示"年年有余"（新年过去了几天，吃的还是去年余下的饭）啊！因为这个缘故，不仅中午要做，晚上还得做一大锅新鲜饭。半大的孩子们在干什么呢？一人一把扫帚扫地，把所有的屋子都打扫得干干净净，扫了一遍再扫一遍，直到一尘不染。这又是为什么呢？这也是规矩：正月初一到正月初三不能扫地，即令非扫不可垃圾也只能堆在屋角里不能撮出去；因为初三没过就把家里的东西朝外扫，那是一种"赊财"的征兆，咱小镇人很忌讳，不会干那傻事。其实,也不光是垃圾不能朝外倒,茶水也是不能随便倒的。大年三十家家都在天井院里放一个大木盆,喝败了的茶脚子都倒在里面,等过了初三再倒进沟里流走。原因就不用说了,和垃圾不能撮出去是一个道理。

你看看,妇女和半大的孩子们都在忙;当家男人这时候在干什么呢?他们先在堂屋里把取暖的火炉子生起来。小镇人讲究"三十的火、十五的灯":大年三十堂屋里要燃起一个火盆子(天再暖和也要燃起一个火盆子);正月十五的晚上每间屋子(即使是不住人的空屋)也要点灯——鸡笼、猪圈不能点灯,也得提着灯笼去照一照。这样做的目的是图个"红红火火"、"亮亮堂堂"啊!火炉子生燃以后,男人们就清洗门板和门框。去年贴的春联和门神(门画)要换新的,换新之前得把旧的揭下来。小镇人一向有"敬惜字纸"的美德,对写有文字的纸是不会乱丢乱扔的,对春联和门神当然就更是如此了。他们先是用手揭,揭不下来就喷水润一润,润透了再用刀轻轻地刮,一点一点地小心翼翼地刮下来。刮下来之后也不随便丢弃,而是收在一起晾干,等初三过后再送到河边烧掉。

总之,大年三十上午是很忙的,忙得脚不沾地晕头转向。

下午呢?下午也清闲不到哪里去。中午饭很简单,草草了事之后女人们依旧在厨房忙着,年夜饭又称"团年饭",很丰盛,够她们忙的。当家男人下午要做两件事:一件是挑水。从初一到初三照例不能下河挑水,所以三十下午必须把水缸装满;女人在不停地用水,男人在不停地挑水,要确保年夜饭做好了不用水了,而水缸还是满满当当几欲漫溢。另一件是贴春联。大约下午四点钟开始,各家各户就得贴春联了。贴春联的顺序是,从大门向里间依次贴。门面上的春联一贴好,大门就得关上或虚掩起来,这就意味着送旧迎新开始了。下午,半大的孩子们依然没有闲着,干什么呢?还是扫地。

旧的一年在一刻一刻地过去,新的一年在一刻一刻地到来。

天煞黑以后,堂屋里的灯亮起来了。神柜上的两根红蜡烛熊熊地燃烧着,把整个屋子照得敞亮而又温馨。这时,平时很少用的大方桌抬到了屋子中央,团年饭的杯、碗、盘、碟正逐渐端了上来。紧接着,酒桌上如何杯来盏往、如何软语温馨就不用说了。团年饭完,撤去大方桌,当家男人又在神柜前忙开了。干什么呢?燃"定更香"。女人们回到厨房收拾停当之后,就来到堂屋督催孩子们洗脸、洗脚,换新衣、新鞋、新袜子。孩子们的事完了,女人们稍稍休息一会儿才去洗自己的脸,梳自己的头,换自己的衣服。

正月初一拜大年

出行仪式一结束，正月初一的大拜年就正式开始了；小镇的街坊们年年就是从这时开始拜年的。人神有别、长幼有序，拜年的顺序也是有规有矩的，不能有半点含糊。

出行回来稍事休息就去街南头的大庙给菩萨们拜年。同样是当家男人端着那个托盘，托盘里是在庙里上香用的香、蜡、纸、炮和供品，带一个或两个提着灯笼的男孩；如果没有孩子或孩子是女孩，那就由当家男人一个人去，女人是不能去的。这时庙里早已是灯火通明，和尚吴师父和一个小和尚正在殿里殿外来来去去地忙着。殿前的院子里有个高大的铁香炉，人们进了庙门就挤在炉子前焚香化纸放鞭炮。这之后,再到大殿里给菩萨们叩拜。大殿里人头攒动熙来攘往,烧香、拜佛、鸣磬……各干其事。和尚和信众、信众和信众见面了是不说话的,即令是在路上碰到了也是不说话的。半夜去庙上给菩萨拜年,父亲总是带着我去,让我提着灯笼跟在他的后面。每次出发前父亲总会嘱咐我:"在庙上、在路上遇到熟人不要说话;即使遇到大伯他们,也不能喊更不能说拜年。"

给菩萨拜罢年回来之后,接下来就是给父母、兄长拜年。如果弟兄分家了,父母和谁住一起就先去谁家;因为父母为大,得先给父母拜年。如果父母过世了,兄弟之间按照老大、老二依次拜。"长幼之礼"扎根在人们的心灵深处,经世跨代永远不能动摇也不会动摇。给父母拜年和兄弟间的互拜,按小镇的传统必须在天亮以前完成。上面说到的和尚和信众之间、信众和信众之间见面不说话,原因也就在这里。新年后第一次见面说什么呢,只能是说拜年,说恭喜发财,但父母和兄长的"年"还没拜完怎么能先给别人拜呢?因为有这规矩,所以相互间见面不说话就可以理解了。

几拨年拜下来,天已经快亮了,人也精疲力竭了。按理人们得抓紧时间上床休息一会儿,天亮以后吃罢早饭,再去完成"拜跑年"(街坊之间相互拜年)的任务,不休息一会儿是很难坚持到底的。可是小镇总有那么一些礼仪之士,天一亮就出门"拜跑年"了。他们先就近敲开一家街坊的门,主人出来开门,相互间便抱拳恭祝"新年好!恭喜发财!"。意思表达完了之后,礼仪之士便退出来准备再拜下一家。这位开门迎客的主人怎么办?也不能坐在家里等人家来拜年哪,于是也跟着来人一起出门拜起"跑年"来。就这样拜年的队伍,就像滚雪球一般,人越来越多,队伍越来越长。不需多长时间,整个街筒筒里便人流涌动热闹非凡起来。

"拜跑年"这个阶段有三种情况得说明一下:一是当家男人们在外面拜年,上门见不到他是个缺憾。怎么办?补救的办法是,碰上了就说一句"哎呀,我刚才把'年'拜到你屋里了"。对方就回应一句"哎呀,对不起……我躲避了"。说完,双方"呵呵"一笑,拱拱手就了结了。二是双方都没来得及到对方家拜年,在街筒筒里又正好碰到了一起,一人说"老哥子,我还没来得及上门给你拜年呢",另一位顺手抱拳说一句"那我就经受不起了!这样……我们见面发财,见面发财"!这样"年"就算拜了。三是家里没有青壮,老人又没起床,拜年人进不去咋办?这也好办。领头的朝屋里喊一声"大伯,'年'我们拜在这了"。屋里老人回一声"谢谢你们,谢谢……"这也算数。"拜跑年"其实很简单，也很快，七十多户人家每户两三分钟，最多一个多小时也就完成了。跑年拜完了，再回家吃早饭还不算晚。我私下琢磨：怎么弄出个"拜跑年"的概念呢？可能就是因为快，几乎是"跑着"拜，所以就有了"拜跑年"这么个说法——我这样说，不知道你是否有同感？

正月初一早晨"拜跑年"的队伍里，是绝对没有女人的；她们在家要准备早饭，还要侍弄孩子。小镇的女人"拜跑年"，多在初一的下午进行，队伍也没有这么庞大，时间也没有这么集中。两三个女人一群，进到屋里表达了"拜年"的意思之后，还会坐下来喝杯茶说说话，然后再去拜另一家。她们也不会挨家挨户地拜，只是选择平常要好的或者有老人的人家转转，一般的人家是不会去的。年轻的媳妇们无论多忙，初一的下午必须把"跑年"拜完，因为第二天（初二）必须回娘家给爹妈拜年——这也是小镇的规矩，断断马虎不得的。

....

拜年的程序很固定，在很多次的拜年中有件事我始终没有弄明白：去街南头庙上给菩萨拜年的时候，很多家都用木托盘很恭敬地带去一个煮熟了的猪头，拜罢年又原封不动地端了回来。我常常诧异地想：能用猪头敬奉菩萨，是不是就意味着菩萨可以吃肉呢？既然菩萨可以吃肉，那和尚又为什么不能吃肉呢？我想：这中间肯定是谁弄错了。那究竟是谁弄错了呢？是菩萨？是和尚？抑或是我们这些信众？

破五送石猴及其他

街南头庙上的主持吴师父,虽然和刘义存先生以及傅礼三先生同属小镇文化圈里的人,但吴师父参加他们清谈的时候很少。各有各的营生,各有各的负累,吴师父比他们要忙得多。一年之中,除正常的晨钟暮鼓、接待香客之外,还有些其他的红尘内、红尘外的事儿等着他。常规性的庙会、常规性的化缘,还有一年一次的"送石猴"和"送泥座"等等。这里,单说其中的三样:逢集求布施、破五送石猴、年节送泥座。

先说逢集求布施。小镇单日逢集,这一天他得带着徒弟上街化缘求布施。

小镇地处深山腹地，流动人员少，只是逢单日才开集；这就是所谓的"逢单热集"。逢热集三里四乡的乡民们会到集市上来，带来自产的东西出售，然后再购些需要的物品回家；当然也有没有出售只是购买些物件，或者无售无购只是闲来逛逛散散心的。带来出售的东西多而杂，诸如木柴、大米、果蔬之类。热集是买卖的日子，也是吴师父化缘求布施的日子。

化缘的时候，吴师父走在前面，徒弟挑着一副空箩筐跟在后面；箩筐里还有几个备用的旧布袋子。见到卖白菜的，吴师父先给卖家作个揖，然后拿棵白菜放进徒弟的箩筐里。见到卖米的，也是先给卖家作个揖，然后抓把米放进徒弟带来的布袋里。如此这般，见到什么——只要是生活必须的就抽取一点。因为没有庙产，一切佛事开销全由小镇生意人集资承担；而僧人的生活开支则用这种办法化缘解决，不足部分从集资中列支补给。这些都是小镇的街坊们一起商定的,年年如此,已成定例。上街赶集的乡下人也没意见:一则每次化缘抽取不多,不会伤及皮肉,能够承受;二则和尚是代替百姓礼佛的人,补给了和尚就等于敬奉了菩萨。再说"头上三尺有神灵",菩萨都看着呢,谁还会说个"不"字?

再说破五送石猴,他得挨家挨户亲自送上门。

正月初五也是个节日,这个节日叫"破五"。初五一过,一切的禁忌就解除了;当媳妇的可以回娘家了,做生意的可以开门迎顾客了。初六是开门的第一天,这一天无论什么人也无论做什么都希望"顺"乃至"大顺";就因为这么一点点内心的需求,硬孕育出一声"六六大顺"的震天价呼号。据说每年正月初五这一天,北京的白云观就会门庭若市——成千上万的人挤着去摸观里的三个石猴。求什么呢？求除病、求发财、求长寿。佛门的理论都一样，佛门的规矩也差不多。每年的这一天，吴师父也很忙。师父得挨家挨户送，这就叫"破五送石猴"。

吴师父的石猴不同于白云观的石猴，不是刻在石头上而是印在纸上的。巴掌大一张黄色的纸片片中间印一石猴，石猴的两边有副对联，上联是"石猴进门来"，下联是"四季大发财"；眉头上好像也有字，很遗憾我记不得了。说是对联又不成其为对联，不对仗，只是两句吉利话而已。石猴送进来递到主人手上，吴师父还要说几句吉利话：

> 破五送石猴，喜逢好时候；
> 全家身康健，发财又封侯。

第三句说了"除病"，能除病当然就能健康

长寿;这一句说了"两好",即"健康"和"长寿"。第四句说了"发财"还说了"封侯",这句也说了"两好"。和北京白云观的石猴比,于保除病、保发财和保长寿之外还多了一项功能,即还保主人能"封侯"做官。街坊们很喜欢这几句话,家家户户这一天都盼着吴师父的到来。小镇的很多人都认为:和尚和道士置身于"神"和"人"之间,他们既能和"神"直接沟通又能与人正面接近;他们一半是"神"一半是"人",他们说的话就是神的话,就是神的旨意。因而,很相信他们,也都想厚待他们。生意人接过石猴之后,总想回馈点什么。可吴师父一律谢绝不收,吴师父说:"不图别的,只图大家有个好运势。"见吴师父这么说,大家也只得作罢;他们害怕亵渎了吴师父,因为亵渎了吴师父就等于亵渎了神灵。

下面就该说送泥座了。

泥座是个什么东西？泥座是神柜上插蜡烛的蜡烛座，用泥巴做成，故称其为"泥座"。小镇人习惯在一些名词的后面加一"子"字，于是泥座便成了泥座子；又因为方言方音的缘故，泥座子经小镇人的口读出来便成了"泥昨子"。泥座子的形状类似正方体，只是上面小下面大，转着看四个面全是梯形——这样好，既稳当又安全，插上蜡烛后不至于倾倒歪斜。

这东西结构简单没啥技术含量，农村人多是在田边地头挖些泥土回来，加水和成泥巴自己做；小镇人据说以前也是如此这般，自己做来自己用——年年做，年年用新的。吴师父来到庙上当主持后就改了，他认为：田边地头的土因为年年施肥已被污染了，用这样的土做泥座放在神柜上是对菩萨的大不敬。他通过小镇管事的昭告小镇民众，各家各户神柜上的泥座将由庙方统一制作免费供给，从今往后大家不得自行为之。有人白送自己可以不劳而获，这当然是件好事——这决定，很快就被大家接受了。

承诺只是嘴巴一张一合就完事，兑现承诺可要费尽千辛万苦之力。

每年从阴历六月开始，吴师父就带着徒弟利用闲暇时间备土。吴师父对"土"的要求很高：第一必须洁净，取土必须在山顶无污染处；与农田接近可能污染的地方，即令是闲土也一概不取。第二必须黄土或红土，黄土和红土纯净、细腻，凝聚力强，做成泥座不易破损。为了取土，师徒俩艰难跋涉在山间，常常是一抔黄土一身汗、一挑红壤数里程。土壤取回来之后倒入一个大缸里浸泡、搅拌，让石块沙子沉淀缸底，将表层的泥浆滤出再沉淀，最终得到纯洁、细腻、断无杂质的泥土。吴师父就是用这样的泥土，制作神柜上使用的泥座。

泥座成型后，一一置于空余的房子里阴干，

而绝不置于阳光下暴晒。吴师父说,细腻而无杂质的泥土,阴干而不借助暴晒——这样的泥座才会经久耐用永不炸裂。泥座做成后也不急着送出,等快到小年(腊月二十四)了,吴师父买来红纸裁成一寸多块的纸条,再虔诚地写上"福"字,然后贴在新泥座上——让新做成的泥座顿生出喜庆和祥和。到了小年的前一天,小徒弟挑着跟在师父的屁股后面,进街口后由南向北一户户挨着送。

....

吴师父虔诚地礼佛,也虔诚地为着小镇的信众们服务。他的有些做法或许显得多余,但他是认真的、虔诚的。1949年后要发展教育,小镇没有学校就把庙改成了学校。我发蒙读一年级就在庙上,那以后就再也没见到吴师父。有人说,他是安陆县人氏,庙宇改成学校后就回安陆老家了。

正月十五舞龙灯

小镇有个老规矩,叫"三十的火十五的灯",意思是说:大年三十必须在堂屋里烧一笼(一堆)火,即使不冷也烧,要让年过得热热火火的;正月十五必须把每间屋子的灯点亮,即令是鸡笼、猪圈也得提着灯笼照一照,让新的一年亮亮堂堂的——这个习俗,在前面已经说过了。早年的正月十五元宵夜,还得玩(舞)龙灯。就像唱大戏一样,乡下有亲戚的还会请他们来做客看灯。

小镇的龙灯是比较简单、比较经济的一种,用竹篾扎成的,龙头、龙尾之外还有龙身。龙身是几十个长约两尺、直径约一尺多的圆形篾篓子连接而成的，篾篓和篾篓之间用几根麻绳串起来，几根麻绳中间还有好些直径如同篾篓的篾扎的圆圈，圆圈上贴着彩色纸剪成的鳞片。龙头高扬着很威武，张开的嘴巴、飘动的龙须、翘起的龙角、滚动的眼珠……几乎夺去了所有人的眼光；龙尾扁平有如鱼尾，舞动时不停地摆动助长着龙头的威势。龙头、龙身和龙尾中的蜡烛点燃后整条龙变得金光闪闪，在夜空中特别地灿烂夺目。

十五那天夜幕刚刚降临，家家户户喜迎龙灯的活动就开始了。每家大门口都摆放一个香案，香案上的香炉里燃起三炷香，两边燃两支蜡烛，案头上还有一堆鞭炮；门楣上悬两个亮闪闪的灯笼——香烟袅袅，烛焰腾腾，红灯闪闪——一派温馨而祥和的景象。一家老小新衣新帽聚在门口，欣喜而虔诚地等着龙灯的到来。按规定龙灯先得在庙前的空地上腾跃起舞给菩萨拜年，然后才进街口自南向北依次舞过来，给每家每户祝好运送吉祥。

南头的街口终于红亮起来，灯影里人声、锣鼓声、鞭炮声搅成了一锅粥。唐代诗人崔液有一首诗《上元夜》，在描写元宵夜舞龙灯的热闹场面时写道：

玉漏银壶且莫催，铁关金锁彻明开。
谁家见月能闲坐？何处闻灯不看来？

这首诗中说：时间在一分一秒地过去，但无论多晚城门是不会上锁的；今夜的城门要彻夜开启，为民众的活动提供方便。在这样的夜晚，谁能闲坐在家里不出来赏月？又有谁明知道今夜舞龙灯而不出来赏灯看热闹呢？当然崔液写的是大都市，而小镇只是个山环水抱的小茅店，其场景之热闹是不能相提并论的。但人员之爆满、心情之沸腾、笑脸之洋溢是绝对一样的。

我们家住在街北头,遥看街南的天际已是橘红一片。在隐隐的锣鼓和鞭炮的繁响中,我想象得出在灯光的照射下人们脸上的笑容和眼中的光亮。这个时候,娃娃们再也坐不住了,他们飞也似的向着灯火的方向跑去;大人们没有动,依旧静静地立在香案后,但心已经飞出去了,他们踮起脚扬起脖子向南街眺望。

进街后龙灯开始舞动,在一个舞动的红绣球(有人说那不是"绣球",是二龙戏珠的"珠")的指挥下,龙头带动龙身,左右翻动首尾频顾,如同翻江倒海腾云驾雾一般。锣鼓声、鞭炮声、擂鼓声和人们的喝彩声,搅成了一锅粥!这时,除了各家各户的当家人据案恭候之外,其他男女老少全涌到了街道的中心,那种欢快、那种急切无法言表。本来就不算宽阔的街道，一时男女混杂，人头攒动，直挤得水泄不通了。街筒筒里，飘来了鞭炮的硝烟味。

龙灯慢慢地舞了过来，观灯的人潮也慢慢涌了过来。

龙灯舞到谁家，谁家就添香燃炮。鞭炮放的越多，舞的时间就越长；舞的时间越长，就越是如意吉祥——一年就这一次，谁还心疼那几个鞭炮钱！有娇贵男婴的人家，还把孩子抱出来让龙须在脸上轻轻地"扫"一下。据说这轻轻一"扫"之后，孩子便会病除灾消，变成龙子龙孙了。男婴的家长们愿意，舞龙的人也不怕麻烦，因为人丁兴旺是小镇的光荣，也是小镇的福气！嚯嚯……一夜之间就变成了"龙子龙孙"，这该是多大的人情啊！主人家会有特别的表示，送点烟或者送点钱。随龙灯走的有专人接受这样的"馈赠"，礼物统一收取回去后再按规矩分享。和龙灯紧紧相随的还有两个人，他们是街南头鞭炮铺的姜老板父子；他们一人背一个褡裢，褡裢里装满了自制的"花子"，他们是专门来帮主人燃放"花子"的。龙灯舞到哪家门口，姜老板便到香案前征询主人意见燃放几个"花子"，然后由他儿子亲手为主家燃放。"花子"实际是我们现在常说的"烟花"，但小镇人一直称这东西为"花子"；姜家是烟花的生产商，对自家的产品他们也称"花子"——小镇人的称谓，或许就源自姜家。

和舞龙灯配套的还有两样东西，一是麒麟，二是哈巴狗。

麒麟的头也是先用篾扎成框架，然后用一种暗蓝色的纸裱糊的，身子用蓝布缝制后再用白色画出麟片，整个呈深蓝格调。麒麟是灵异之物，它是给小镇人送祥瑞来的，行动稳健走在最前面。哈巴狗和麒麟一样也是两个人耍弄，制作极简单。它走在麒麟和龙灯的中间，蹦蹦跳跳起一个为龙灯打场子的作用。麒麟来了，家家户户是要烧香的，特别是那些希望添人进口的人家更得虔诚膜拜，因为有"麒麟送子"一说啊，不恭而敬之行吗？哈巴狗来了就无所谓了，远远地撂过一挂燃着的鞭炮就完了。玩麒麟的选大个，一般在一米八以上，住在小镇街外的刘克平每年都是第一人选。玩哈巴狗的不需大个，只要体格健壮灵活好动的就行，他们不停地奔跑，极其需要体力。

············

这些对我们这些半大的孩子们来说，因为年年如此岁岁照旧早已司空见惯，因而已完全没有了兴趣去细细观看静静揣摩。晚上我们干什么呢？打鼓，拼命地打鼓。庙上有两面大鼓，为了造声势一年就用这么一次。晚上抬出来走在最前面。大人们是不干这事的，因为鼓太大打响很费劲，任务就当当然然地落在我们这些孩子的肩上。我们各自从家里拖出一根大木棍，围着大鼓拼着命地擂；为了加大力度，有时还跳起来擂！好家伙，第二天你再看：个个两手大血泡，吃饭连筷子都拿不住。真好玩！元宵节对我们来说就是个"擂鼓节"，留给我们很多的欢喜和甜蜜！

清明，我们回家祭祖

清明扫墓对我来说，只能交一份残缺的答卷。很小的时候跟着长辈们一起去过，之后有很多年因各种原因缺席了，直到五十多岁才又跟上家族的队伍重新加入了扫墓的行列——那以后便年年如此了。中间那几十年，一则因为国家没有清明假，岗位管束着每一个人；二则因为观念都还僵着，"清明扫墓"不是请假的理由，想请假也断然不会批准。

上面说的"小时候"，指的是上小学的时候；准确地说，是1955年以前。那时候的小镇有个规矩：人死了墓地必须选在家族的祖坟园里，不能想埋在哪里就选在哪里。祖坟园在哪呢,一般在老祖宗居住的地方。当然这个"老祖宗"也是相对而言的,并非一定是"始祖"。我们毛氏家族的祖坟园在一个叫"胡家垄"的地方,那是一个离小镇有十多里的乡下。听父亲说,胡家垄是我们的老家,那里住着很多的毛氏族人;小镇的几家毛氏人家原来也住在胡家垄,是后来因生计的需要搬迁到小镇来的。因为这个原因,我爷爷、奶奶、大伯、大妈还有更多的本家都葬在那边,所以每年清明节都得去那边扫墓。

因为路途远,去来得一天时间,中午饭由住在胡家垄的本家提供。每年的这一天,我们都早早地起床洗脸换好衣服,把准备好的火纸、香烛、鞭炮和标子(有的地方叫"龙标")装在两个箩筐里;为了不让老家人过重负担,箩筐里还装着买来的供午餐用的肉和酒。一行十多人就走出小镇,跨过河上的小桥,向十多里外的老家进发。这十多人中,孩子比大人多。行程这么远,山路又不好走,孩子们不去不行吗?不行——这也是规矩。清明扫墓小镇有两个铁定的规矩:一是扫墓用品一家一份,必须自己掏钱备办。就算是别人代为备办用品,钱也必须自己掏。扫墓是带着礼物去看望亡亲,所以要实心实意不能虚假,这个"心意"谁也不能替代。二是家里的男孩子只要走得动都得去,走不动遣人背也得背去。这样做,一则因为家里有了男孩,香火有人继承,亡亲们看了会高兴,男孩去了就是对亡亲的一个莫大的安慰;二则扫墓是男人们的事,女人和女孩子是不能参加的。

行行重行行,一程又一程。

我们在路上走,远远近近的山坡上不时传来鞭炮的鸣响;朝着响声的方向看去,还有缕缕青烟从林子的梢头飘出。扫墓的人很多,路上不时碰到扫墓的人们，有的走过去，有的迎面走过来；一律是肩头负荷沉沉，脚下步履匆匆。到了目的地，我们就兵分两路：派一人将带来的肉和酒送去本家，顺便告诉他们我们来了多少人以便准备午饭；余下的人就进入祖坟园开始扫墓。一处处烧纸，一处处燃香，一处处放鞭炮，一处处跪拜；因为兼有一路奔波的疲劳，没完成几座坟头就有些精疲力竭了。父亲很认真，总要我和哥哥一步不离地跟在他的身后。墓前虽然立有石碑，但有些字我还认不全，弄不清那个坟头是谁。每次跪拜之后转向另一个坟头之前，父亲总要向我们做些介绍，说明这里埋葬的是谁，长我们几辈，我们应该如何称呼，等等。介绍完之后，再跟上队伍匆匆转移到另一个坟头。因为时光太过久远，有些坟头父亲也说不清楚了；他介绍的多是近两三代的，太远的就从略了。

……………

往来千里路长在，聚散十年人不同。

以上是我对儿时扫墓的一些零星记忆，扳着指头算算已经七十多年了！当我再次走进家族队伍上山祭扫时，发现小镇清明的活动较以前已经有了很大的不同。除了虔诚祭祖之外，家族聚会骤然上升为清明节的重要主题。小镇的清明节依照传统共有七天：正清明一天、清明前三天和后三天——这是小镇人世世代代的约定俗成。自从国家规定了清明假之后，每年阳历四月一到，老家就来电话催请，并通报谁备酒宴、聚会时间，高兴了甚至连酒宴的掌勺师父都一并说个清清楚楚。一接到这样的电话，我都一连几天兴奋不已，速速准备行装，妥妥做好计划。趁一时之兴，有时还弄首小诗记下当时的心情。有一首是这样写的：

杏花开过近清明，里间传书问归程。

言说畅饮趁春好，村醪何妨共酩酊。

《清明之一》

因为聚会成了重大主题，随之而来的变化就是扫墓不再只是男人的专利。聚会时有男有女有老有少，扫墓原本还兼有"踏青"的意思——你能说谁能去谁不能去？于是，男女老少就大脚小脚、长发短发、高跟矮跟齐上阵。大家立在墓碑前，想想世事的艰难、忆忆传承的厚重……本身也是一种"情景教育"，也是一种"心灵净化"。清明节——由此便演绎成了一个"自我教育"、"亲情内化"的契机。

也不知从何年何月起，亡亲不再要求归葬老家的祖坟园，而是就近安葬在镇子前后的山间。这样一来，扫墓不再长途跋涉，只需一两个钟头就能圆满结束。没车的时候，我常是提前一天到家；有车之后，我便当天起早回去。两百多里的归程如果七点开拔，一路春风最迟九点也就到家了。到了家便依照惯例，先扫墓，后赴宴。虽然有诸多变化，清明节增加了不少喜乐欢快的成分，但一到墓地大家的心情还是不由得沉重起来——这也是个不争的事实。我有两首诗记录了这种心情：

结队登山斩荆行，龙标映绿色缤纷。
祭祖怀亲心怅惘，春风难消怆怆情。
《清明之二》

荒草丛中寻旧冢，漫漶石上辨碑文。
愁因春草去复在，慈缘旧事忆更亲。
《清明之三》

小镇在外面的人多，清明那天很多人都会回去。说清明聚会，聚会的其实也不只是一个家族，而是整个小镇的全体街坊！平日冷冷清清的小镇街头，清明节这天准会红火起来。街筒筒里，这里一簇那里一堆，都是些归来叙旧的人。有些老年人，腿脚走不动，他们就拖把椅子坐在自己的门口和回来的人搭话；有的人年纪大眼睛不好使了，他们只能听声音辨别说话人是谁了。年轻人在乎清明聚会，老年人很在乎余下的时光，因而也很看重这一年一度的清明聚会。他们说："见一回是一回，谁知道明年还在不在呢？"

艾草香里过端阳

端午节,小镇人不叫端午,叫"端阳";阴历五月初五称"小端阳",十五称"大端阳"。至于为什么要有个端午节以及端午节是纪念谁的,小镇人并不多在意,也没人想问个明白。似乎端午就是端午,就一个节日而已,就像清明、中秋一样。端午节在这里最大的看点有四个,插艾草、点雄黄、做香包、穿新衣。

端午节把艾草(小镇人称艾蒿)插在自家的大门上,借以避邪、消灾、保平安。小镇的这个习俗,相信和其他地方是一样的,就不必说它了。只是有一点需要说一下,他们独爱端午节早上的艾草。每年这一天,都是早早地起床,到街后的山坡上把带着露水的艾草弄回来,并且还得带着露水插到门上去。这个做法世代沿袭,没有谁说得清楚为什么,他们是跟着中药铺的王海峰王先生学的。海峰先生说,万物都有自己的"节候",端午早上是艾草的"节候",所以端午早上的艾草最好。海峰先生是老中医,他这样做,大家也就跟着这样做。

点雄黄,很多地方也这样。端午节从海峰先生的中药铺把雄黄买回来,放在酒杯里用酒调匀,然后趁中午吃饭的时候抹在孩子的额头上、耳朵上、鼻梁上。陆游曾写诗说:"重五山村好,榴花忽已繁。……旧俗方储药,羸躯亦点丹。日斜吾事毕,一笑向杯盘。"这里说的"羸躯亦点丹",或许指的就是点雄黄。为了什么要点雄黄呢?据说还是为了避邪消灾保平安。中午饭后,满街的孩子都涌到街道上,一个个脸上点着雄黄,手里拿着熟鸭蛋……那种处处都是欢快与和乐的情景,现在想起来还宛在眼前!

　　做香包,顾名思义是在做成的包囊里装进香料,目的是佩戴在孩子的身上,用以避邪消灾保平安。这个活动在小镇也是年年都有的,只是做法和用料已经有了很大不同:一是,形状不再是一个普通的包包,而是改成了红红的辣椒、尖尖的三角和灵巧的小猴子;二是,里面填充的也不再是香料(几样中药),而是碎布片或棉花团。做成后串在一起,缝缀在孩子的肩后。虽然做法上有些变异,但换来的却是一组辛辣(辣椒)、锐利(三角)和孔武(孙猴子)的形象。这样改动的用意,恐怕也是为了更有效地"保护"自己的孩子。这种不是香包的"香包",又逐渐演变成一种孩子们的常用饰物。年年端午做,端午节过后也仍然挂在孩子身上。

　　端午节的最后一个看点就是让孩子们穿新

衣，只要条件许可家家都会这么做。这个举动叫什么呢？小镇人叫"摆端阳"。"摆"，我估摸在这里有"显摆"的意思；端午节到了，大家把新衣服穿出来显摆显摆也符合孩子们的心理。从季节上看，夏天已经到来，穿着上也该换季了。家家户户把给孩子们换季的新衣服先做好，在端午节这个时间点上穿出来，孩子高兴大人也高兴，这多少也可以增加些节日的喜庆气氛。

……………

遗憾的是，这里没有划龙舟、吃香粽的习俗。"竞渡齐登杉板船，布标悬处捷争先。归来落日斜檐下，笑指榕枝艾叶鲜。"古人端午节的那种热络和浪漫，在这里是找不到的。不过，端午节是个体现着爱、渗透着爱的节日，这一点在小镇是并不逊色的。

矗立在心中的石碑

上街和下街相距一里,其间有一条南北向的官道相连。有一条溪水从山里流出,溪流由西向东穿过官道流进了小河。为此,官道上架起了一座石拱桥。在桥北岸的官道边立有一座石碑,碑下有碑座托体,碑顶有龙冠压顶,碑两侧有雕饰精美的条石护持。整座石碑高大、宽厚,整体状貌十分威严。

我上初小(一至三年级)在下街,上高小(四至六年级)转到上街;从四年级开始,每天都要从石碑前过往几次。我们读小学时规定用毛笔,各科练习之外还得写大楷、小楷,所以石碑上那刚劲规范的柳体楷书常常吸引我们驻足观看。碑文的内容已经记不具体了，只记得有十条之多，多是乡规民约之类。记得较清楚的有三点：一是碑体上方有"严遵官旨"四个大字；二是最后一行有表明时间的"清道光"几个字；三是碑文中有八个字——"武官下马"、"文官下轿"。碑文中的这八个字，其实我也没多注意，只是我父亲经常在耳边提到这八个字，我也就顺便记住了。

对这座碑学校老师很重视，我的启蒙老师刘义存先生尤其重视。老师们特别是语文老师经常在课堂上说："字是打进去的，也是打出来的。"意思是说，学生不挨打，生字就进不到脑子里面去；同样，学生不挨打，一笔好字就练不出来。语文老师总是督促我们，路过时一定要停下来看看碑上的字；还说，字讲究笔画也讲究结构，要看看人家的笔画是怎么写出来的，要想想人家的字是怎么结构出来的。我上小学时，写字是很认真的，也很想把字写好。路过石碑时，除了雨天我总会停下来呆呆地看。可是看是看了，回到家里写字时就全忘了，写出来的字还是自己的老样子，写不出人家那个模样。

后来不知是谁想出了个办法，用一坨半干黄泥巴使劲往碑上压，把碑上的字压在泥巴上，然后把泥巴带回家，写字时照着泥巴上的字写。别人这样做，我也学着这样做了。可是，泥巴上的字是反过来的，没办法照着写。我父亲看到后先是很着急，后来就很高兴，说"有办法了"。他拿来我母亲梳头用的镜子，把有字的泥巴移到镜子前，镜子里的字就正过来了。家家户户都有镜子，我这样做了别的同学也都这样做。找到了练字的办法，照着碑文写字的人越来越多，不长时间那碑就变成了一张大花脸。这事让学校知道了，校长在一个周六的早操时讲，虽然你们是为了练字，但这样做有辱圣意。"严遵官旨"说明什么？说明这碑是官府立的，是很严肃的，马虎不得的。可是你们把碑弄成这个样子，这是在"严遵官旨"吗？狗屁！从今以后，你们不能这样做。当时还宣布：明天是星期天，下街的学生要把碑洗干净；周一早晨，我去检查。

除了老师之外，家长们对这碑也是很重视的。小镇正月初一的早晨，是各家各户相互拜年的时间。拜年时，成年人相互问问"新年好"，客气一句"恭喜发财"就行了；我们小字辈的见到长辈就复杂了，必须规规范范地叩一个头。小的时候还可以，别人咋样我咋样，叩头就叩头，无所谓；等上了初中观念就有了变化，不太愿意没完没了地叩头。父亲知道这些后，拜年之前总要咕叨一番："读个初中算么事？就是当了官发了财，也得守礼节有礼貌。碑上写着

'文官下轿，武官下马'呢！当了官坐着轿子回来的，到了家乡得下轿自己走回去；骑着马回来的，到了家乡也得下马自己走回去——总之，不能摆官老爷的臭架子。看看人家郭家，虽然没有当官但发财了呀，每次回家总是谦虚得不得了。你还在上中学，既无官也无财，咋能给长辈拜年不叩头呢？"

…………

父亲说的郭家我是知道的，他们没有做官，但在小镇一带很有名气：在家乡有不少的田产，有漂亮的庄园；在应城（现在的湖北应城市）还有自家的盐矿和膏矿。可以说，郭家家财万贯、金银无数。据说，每年赚得的银元，都是用牲口往家里驮的。但他们为人很低调，到了家乡一律下马下轿，步行着回家。如果教过他们的老师就住在附近，他们还会先拜见老师然后回家拜见父母。在小镇人的心目中，老郭家是事业的典范、礼仪的楷模。

　　石碑高高地矗立在小镇人的心头；虽然不免沉重，但还是压出了不少好东西。

　　朴实的乡风和醇厚的民俗，深刻地影响和塑造着一代又一代的小镇人。在前辈们的带领下，年轻人也步步相随，照着前人的样子要求自己。有一个在北京上过大学的小镇人，毕业后一直在外面工作。他母亲过世后，父亲续弦给他娶了个后娘。他从外地回来，一到家就跪在后娘面前，含着泪感谢后娘对父亲的照顾。还有一个张姓街坊，上学上到华中师范学院（华师大前身）了，正月初一还照样跟着街坊们一起拜跑年；后来官至副县，回到小镇依旧谦虚谨慎、谦恭低调地对待小镇的老少乡邻。

为我读书,父亲甘愿受累

1950年秋,我挎着个新书包走进了小学一年级的教室——启蒙了。

那时,条件差得没法说:上学没有书,你带去什么书,老师就教你什么书;或者,你借别人的书抄下来也行,老师就按抄本教你。我当时没有书,也没借到书抄,真是难死了!开始几天,我就挎个空书包去,坐在那里云天雾地地听。但是,作业怎么办?没书就没法做作业呀。刘义存先生也是小镇人,他对我说:"老七(在毛家我排行第七),你连张纸都不带……能学到什么呢?回去叫你爹想办法,找不到书找张有字的纸也行啊。"后来,我在家里翻箱倒柜,在一个空柜子里找到一张字纸(后来想,那好像是一张石印的文字材料),这张字纸就成了我一生拥有的第一本教科书。我很高兴,我的书包终于不空了。

刘先生顺着那张字纸的第一个字往下教,一天教一句;教过之后,让我照着写。

我很认真,顺着字纸的第一个字往下写,比着葫芦画瓢一个一个往下写。我感到很有意思,用笔能把书上的字挪到纸上来!我在心里想:我要多抄,要抄一大本,要和有书的人比一比。就我而言,这只是一时的冲动,完全不意味着有什么大理想、大抱负,没想到竟然被刘先生发现了。刘先生是我们家一个拐着弯的亲戚,教学中他很关注我的表现。那天,他讲完了课就从讲台上下来,一直走到我的座位前,看我在写字就说:"老七,你的字写得好哇!"他这么说,我觉得也对,就很不合时地答了一个字:"嗯。"回家后把刘先生夸奖我的话向父亲学了一遍,父亲很高兴。父亲说:"这就好啊,我一定想办法给你弄本书;有了书你会学得更好!"

我父亲是个明白人,一直认为人要多读书,可他却没能多读书。不是没条件,是我爷爷不让他多读。我爷爷一辈子教私塾,带着他读书是没有困难的。可爷爷说:"人哪……怎么活都是一辈子。普通人能看看信、会记记账就行了,书读多了也不一定就好;想着是好事说不定就读出个坏结果。就……做个普通人吧。"就这样,父亲读了两年私塾就下学了。可父亲和爷爷的想法不一样,他觉得:有的人明白一辈子,有的人糊涂一辈子,差别不在别处,就在读书;多读点书,再糊涂也糊涂不到哪里去。虽然孩子多负担重,但父亲总是竭尽全力让我们读书,他一再表态说:"只要读得进,再难也让你们读；你们有劲，我就有劲！"知道刘先生夸我了，当然他就更高兴、更有劲了。

中华人民共和国成立以后，市场慢慢复苏，竟至渐渐繁荣起来。

一个热集，父亲在一个卖针线的小摊上，买到一本一年级课本。课本正规印刷，字迹清楚，插图精美，闻闻还有点油墨的香味。我还记得前几课的内容："人、手、足、刀、尺"，"山、水、田、马、牛、羊"……每个字下面配有一幅画，画和字是相对应的：娃娃上面的字是"人"，手上面的字是"手"；字和画都一对一地摆列着，看着"画"就知道"字"怎么读怎么讲了。循着这个规律，我马上就知道其他图画上边的字怎么读了，也知道是什么意思了。我高兴坏了，开始我还不想上学，怕生字不好认，没想到认字竟这么容易！我上学的积极性越来越高，觉得在学校比在家里还好玩儿——

只要认真学,老师喜欢家长也喜欢。我记得,那本书中的几十个生字,我只认错了一个——就是那个"足"字,我常常把它读成"脚"。刘先生给我纠正了几次,我还是改不过来,心想上面画的明明是个"脚"嘛,怎么不读"脚"要读"足"呢?和别的字怎么就不一样呢?刘先生见我有点顽愚不化,竟生气地说:"脚是土说法,照我说的改,不会错!"

遗憾的是书上没有我名字用的那三个字,一本书快学完了还不会写自己的名字。我有些发急了,父亲用了一个晚上时间教我写。他先在一张纸上写下我的名字,字很大也很正楷,然后要我按笔顺学着写。我一边学着写一边问这三个字放在一起是什么意思,父亲说名字就是名字,哪有什么意思?你知道谁叫什么名字就行了,有人喊你的名字你知道是在喊你就行了。我觉得有点不对,名字都不相同,怎么会没有一点意思呢？后来我在学校问了刘先生，刘先生说："名字还是有意思的，不能说一点意思也没有。第一个字是'姓'，第二个字是'辈'；你姓'毛'属'庆'字辈，所以名字的前两个字是'毛庆'。第三个字是你家里人选定的，为什么选这个字回去问问你爹就知道了。"我后来问了父亲，他告诉我说："算命先生说你命中缺'火'，所以就用了一个'炎'；'炎'字两个火可以弥补命中的不足。"

我认字快、爱动脑筋，课堂答问也还行，为此常常得表扬。

一天放晚学前，刘先生对我说："回去跟你爹说，你明天跳级读二年级，不读一年级了，把书让出来给别的同学。"回来后，心情很不好，一想到要把书"让出来给别的同学"我就想哭。晚饭的时候，吃饭也不香。我妈看出来了问我怎么回事，我竟一下子委屈得哭了。我抽抽噎噎地说出了事情的原委,没想到他们竟然全笑了。

"简直是个哈吧(傻瓜),跳级还不好?跳!"父亲说得很果断很干脆。

"他还要我把书让出来。"我仍有些不快,我舍不得那本书。

"让。读二年级了,还要一年级的书有么用?"

"那……我没有书怎么办?"

"抄。借同学的书,我来抄。"父亲说,说得很硬朗。

第二天,我走进了二年级的教室,我又没有书了。

每天放晚学时都向同学借书,回家后由父亲在油灯下抄。那时候没有现成的作业本,都是自己买纸裁好了钉成一个本子。用的纸是一种质量极差的"毛边纸",黄黄的灰灰的颜色很暗淡。梓油灯也不亮堂,在这样的灯光下在这样的纸上抄写起来很费力,但父亲很乐意。他一边抄一边擦眼角,生怕看走了眼抄错了。

我的语文老师孔庆圭

我上小学换过几任语文老师,先后是:白兴勋、李绍民、孔庆圭。

四年级以后,由孔老师接任语文老师。这以前,他一直在外面做事,但不是做老师。翻过小镇后面那座山(后寨),山那边有很多孔姓人家,听说那也是他的老家。还听说他家曾经很有钱,他从小在外面读书、做事。做什么事说法不一,较多的一种说法是说他在旧省府干文书之类的差事。1949年后,可能因为这个原因回来了;我说不准,只是很偶然的一次听刘义存先生这么说过。孔老师来到学校后就一直住在学校,虽然离老家很近但他从未回去过;

我们也没见他有老婆孩子，进进出出就一个人。

他人很魁梧，微胖，高个，走路腿甩得很直，头扬着，胸挺着，我们有一点怕他。但我们又不太怕他，因为他很和气，说话慢慢的，也总是笑笑的，没见他发过脾气。他对学生很好，操场上或教室外遇到我们总喜欢抚一下我们的头，摸一摸然后笑笑说"去吧，上课去"。我们作文写不好，他也不发火，总是说"别怕……慢慢来，会好的"。

他要我们"别怕……慢慢来"，他自己遇事也不着急，再急的事也是"慢慢来"。了解他的老师都说，"他是个慢性子"。最典型的例子是：他收到信先不打开看，而是连信封一起撕碎抖散然后再一块一块地清理复原，再用大头钉一片一片钉在小木板上，待信件完全复原了，再读信的具体内容。听老师们这样说，我们感觉他有点不温不火、慢慢吞吞。不过，越这样我们就越喜欢他；他对信这么有耐心，对我们也会有耐心。

他讲课文（阅读课）的方法，和别的老师大同小异。和其他老师不一样的是，一个词、一个句子，他总是让我们讨论，甚至争论。我们很喜欢他这样，每次我都想啊想啊，总想把那个装在老师心里的答案"猜"出来。一次没猜到算了，下次再猜。用心用意地猜，总想猜到，也总觉得自己能猜得到。孔老师的这种教学方法很独到：课堂气氛热烈，师生配合默契；老师是学习的主导，学生是学习的主体——在孔老师的课堂上，"教"和"学"这两个积极性完全调动起来了。对他教学方法的这个定位，是几十年后我当语文教师了，才逐渐悟出来的。

最具特色的，是他的作文教学和语文课外辅导。

作文课一周一次，一次两节课。在作文课

堂上，他出题、解题，叫我们先想先打腹稿，然后再把想到的写在草稿纸上。先写什么，后写什么，一条一条地写下来（他顺便告诉我们"这就是提纲"）。这个时候他干什么呢，"提供砖头瓦块"（这是他说的）。他用各种颜色的粉笔在黑板上横七竖八地写很多词语——这些词语都是我们学过的，要我们把它们用进去，用得越多越好。小孩子好胜心强，写作文就像拼命一样，总想比别人写得好一点，总想把学过的词多用几个。

比呀，赛呀，我们作文进步很快。

课外阅读，简直谈不上；除了课本什么书也没有，没有书读什么呢？

孔老师用他自己微薄的工资，专程到县城去买了一些小人书和小读物，自己钉了一个木箱子装起来，每天课外活动就把我们组织在一起看。在哪看，在河滩里——他说那里空气新鲜，读书容易读进去。一到课外活动时间，他就扛着箱子走在前面，我们跟在后面，走过学校东边小河上的小木桥，在河滩的柳荫下读。那情景，真好。他坐中间，我们坐一圈，读完一本再换一本，其乐也融融，其情也恰恰！

在孔老师手里学了三年语文，我爱上了语文。

后来，我离开了。读初中，读高中，读大学；成为老师后，又跟他一样教语文。一晃就是好些年。中间打听过，都说1957年反右后他被逮走了。"文革"后，他又回到了洛阳小学。一个春节，我去看他，他很清瘦，佝偻着，眼睛也失去了往日的光彩。他说，他有时间，想写点东西，托我给他找一本《逻辑学》。我答应了，他很感激。送我出来，他说："这么多年了，你还记着我，我很感谢。"听着这话，我不知说什么好。

……………

当年暑假，我送书去。守校老师说，他死了。问到归葬何处，守校老师说："唉，难说呀！他的老家就在山那边，翻过镇子后山不远就是。死的那天，老家来了几个人，用一辆板车把他接回去了。那以后，就再也没有人提起过；老教师有的死了，有的调走了，我们这些年轻人是后来的，对他也不了解。"

守校老师说得很沉重，很缓慢。听着他的诉说，我仿佛看到了孔老师蹒跚离去的步态；听着他的诉说，我感到孔老师就像一阵秋后的风，漫过镇子后面的山梁永远地飘逝了，飘逝得无影无踪。

校长带我们去赶考

中华人民共和国成立前,小镇就一所小学,毕业后能够继续升到初中的人很少。主要有两个原因:一是教学上不去,教学质量差学生考不上;二是全县唯一一所初中设在县城,没经济实力的家庭考上了也上不了。街坊们家家都希望自己的子女能够成龙成凤,因为种种原因那腔"热望"便慢慢冷却下来了,最终又回到了算命的刘先生的那个结论:"命中只有八合米,走到天边不满升。"中华人民共和国成立后,党和政府解民众之忧,把全区优秀教师相对集中起来,抓教育促教学,使教学质量有了明显的提升。虽然在学生和家长的心目中并没有多么远大的目标，但升初中从无到有数量年年攀升。

……………

中华人民共和国成立伊始，城乡凋敝，百业待兴。

当时的教育布局情况是：初小（一至三年级）分散到各地办，完小（一至六年级）集中在区里办；学生读完小学三年级之后，就到区完小来读四至六年级。学生读完小学后想读初中，还得到县城参加中考，成绩合格了才行。

赴县城赶考，谈何容易！

没有汽车只能靠自己的一双脚，娃娃们都没出过远门也没走过远路，听到这都有点害怕，因为害怕就想打退堂鼓。那个时候我们没有什么明确的学习目的，家长们说："小娃子生成就是读书的，不读书做么事？考，考上了还读。"于是，我们就考，考上了就还读。我记得我们出发去县城的前一个晚上，区政委（相当于现在的镇党委书记)还专门给我们讲话鼓劲,说:"读中学比读小学光荣,走不动慢慢走,但一定要去考!别区的娃子能考上,我们洛阳区的娃子也能考上!"那天晚上给我们讲话的还有个参加过抗美援朝战争转业回来的姓朱的军人,他说:"读中学好啊,到了中学衣服就不用自己做了,一律到'机器铺'(缝纫店)去'扎'(小镇人把缝纫机做衣服叫扎衣服);上衣四个口袋,裤子两个口袋——和干部一样!"他们两个人的讲话,把我们心里讲得热乎乎的。第二天,我们背着沉重的背包,在校长和老师的带领下,沿着一条蜿蜒不平的山路向县城进发,一天足足走了六十里!

那天是个半阴天气,头上的阳光并不十分炙热,但我们依旧气喘吁吁汗流浃背。我们穿着厚厚的土布衫子,汗水浸湿后紧紧地贴在脊梁上。外面的风吹不进去,里面的热散不出来,闷得人十分难受。肩上的背包是用麻绳捆扎的,细细的麻绳勒在肩上直往肉里扣,肩头都勒出了血印子。走了不到一半的路程,两条腿就硬挺挺的打不过弯来。班主任孔庆圭老师个头大、体力足,有丰富的行路经验,他一会在前领队一会在后压阵,不停地给我们讲故事分散我们的注意力,淡化我们对疲累的感觉。

…………

人越走越累,路越走越长。

到太阳快落山的时候,我们终于爬上了最后一道岗峦。岗峦下是一条很宽的河,河边有条渡船停在一棵柳树下;河对岸迷蒙一片,全是一间接一间挤在一起的房屋。孔老师说:"这条河叫浈水,河那边就是县城。"我们站在岗上远远地看县城,模糊一片看不清楚。但就是这模模糊糊的一眼,就让我们觉得县城大,比小镇好;也就是这模模糊糊的一眼,让我们疲惫顿消身心大振。河水很深，船夫把我们送到了对岸。到了对岸没有马上走，校长说："简单洗一下再走。女生在下游，男生在上游……分开！"女生们比我们文静，她们横着站成人墙挡着男生的视线，分别躲在"墙"的那边洗。

第二天上午休息；下午，老师带我们先看自己的考号，然后依考号找自己的试场。第三天，先语文后算术，考了一天就完了。关于那次考试已经没什么印象了，只记得一些零零星星的情况：一、试卷是折叠式的，很像过去老皇帝批阅的奏章。二、试卷展开后，右上角折叠密封加有印章，桌子左上角贴有考号；据说，桌子上的考号和折叠处的隐藏号是一致的。三、做题一律用毛笔，算术从左至右横着写；语文从右至左竖着写。四、考题不难做，我坚信能得高分，所以考过之后傻傻的很高兴。另外，生活很好，只是太单调，中午和晚上几乎顿顿都是茄子炒鸡蛋。

考完后的当天晚上天气突变,瓢泼大雨下了整整一夜。早晨起来雨停了,我们赶紧收拾行装,待走到河边方见河水已经暴涨。原路返回不行了,因为沿途河流很多,山间小河又无渡船,困难和危险是可想而知的。为了安全,校长和老师们商量后决定,改走襄(阳)花(花园)公路,理由是:出县城向东南走四十里到涢潭港,过了河就进入了洛阳区地界。那里离学校三十里,沿途虽有河流但都是山间小溪,溪上有石拱桥相通,即使山洪暴涨也不碍事;万一山洪挡道回不去,临时分散在农民家住一晚、吃两顿饭也不会是问题,因为我们都是洛阳区的,更何况有几个学生的家就在那一带。方案敲定之后,队伍便改道"襄花"了。

襄花路是一条沙子铺成的路,走在上面脚下"沙沙"有声,声音单调听着心里发毛。孔老师对我们说:"同学们,路边是草皮,都走路边;踩着草皮走柔软、轻松,不磨鞋。"于是,我们就踏着路边的草皮走。走在回家的路上,总是比走在离家的路上快,四十里不知不觉就走完了。到达浈潭港坐渡船过了河,那里的人才刚刚吃过中午饭。浈潭港有条弯弯的小街道,因为是个河码头,生意还算红火。我们分散在几家饭馆坐下后,老板们赶快给我们熬稀饭、热馍馍(放在蒸笼里回蒸一下)。吃饭的时候,老板说昨晚这里的雨不大,估计那些小河岔子没涨水。听了这话,大家都很高兴。但校长还是特别交代说:"走的时候每人再带个馍,今天一定要赶回学校,晚饭在路上边走边吃。"街头是浈潭乡乡公所(比区小比村大,类似现在的行政单位"办事处"),校长借所里的电话给学校通报了我们的行程,并责成留守的老师务必告诉前来等候的家长不要着急。

上午的路因为是沙子铺成的，宽阔、平整，很好走；过了溳潭港全是山路，崎岖、泥泞，很难走，在这样的路上行走，歪来扭去很费劲，没走几里路就精疲力竭了。那天晚上一直到十点多，才回到洛阳小学。没出校长所料，虽然已经很晚了，学校教导处仍灯火通明，当我们推开学校大门时，一窝子家长便从教导处涌了出来。我父亲也挤在家长群里。他挤过来卸下我肩上的背包，找到孔老师交待代了一声，就拉着我往回走。走在路上问我："好考吗？"我说："好考。"他见前后没人，又悄声问："能考上吗？"我说："能考上。"听后父亲没说话，过了好一会儿才自言自语地说："祖先保佑，能考上就好啊！"

消失与行将消失的……

小镇三大有:银杏、火麻、木籽油

小镇被山簇拥着,被水环抱着,重重锦山、迢迢秀水几乎隔断了她和外界的联系,但她却并不孤独。她像一个大户人家的千金小姐,其端庄、美貌和静雅早已名播山外。北边的随县、东边的应山、南边的安陆、西边的京山,等等,这些远远近近的县城没有一个不知道这里的,也没有一个不和这里联络的。就是更远一些的地方,也都知道这里有个洛阳小镇。

诚然,和现在的洛阳镇相比,那时的交通是闭塞的。那时候小镇没有汽车,就连木轮子车也没有;别说没有,就是有也派不上用场——这弯弯曲曲、坑坑洼洼的山路车怎么走?因为这,小镇和山外的物资交换就只能靠肩挑牲口驮了。山里的东西要走出去,山外的东西要运进来——这中间有一股无形的力量在操弄,任何人任何力量都遏止不了。山再高,挡不住人们的视线;路再险,绊不住人们的脚步。说白了,只要人心是流动的,物资也会跟着流动。小镇是附近山货的集散地,有哪些山货呢?小镇人自己总结说,"小镇三大有:银杏、火麻、木籽油"。每年急待运出的山货起码有这三样。

银杏是最值得说的一样。

这里是有名的"古银杏之乡"。银杏生产自古有之就不必细说了,单是那春来一树粉绿、秋来一树金黄就足以让远远的人为之痴迷。再说,银杏的果实除供人食用外还有独特的药用价值,《本草纲目》说银杏"熟食温肺、益气、定喘嗽、缩小便、止白浊;生食降痰、消毒杀虫"。现代科学也证明,银杏种仁有抗大肠杆菌、白喉杆菌、葡萄球菌、结核杆菌、链球菌的作用。这样的好东西哪里会不要？远远近近的中医早瞄准了，中医先生一瞄准，商家们便趋之若鹜了。

其次是木籽油，在山货中也算是一个大项。

小镇周围的乡间到处都是木籽树（学名乌桕树）。宋代杨万里在《秋山》诗中写道："乌臼平生老染工，错将铁皂作猩红。小枫一夜偷天酒，却倩孤松掩醉容。"这首诗盛赞秋天乌桕树叶红如枫的美丽。出小镇的街口，环顾左右几乎到处都有这样的美景。秋天里树叶凋零，那白色的木籽挂满一树，犹如满天星星。成熟后的木籽上面有一层白皮，那是做蜡烛的上好原料；白皮的里面是乌黑的籽，籽榨成油后可以照明，在没有电灯和煤油的岁月那是家家户户的必备之物。小镇有两家油坊，油坊的师傅们将收上来的木籽加工成皮油和籽油，然后把它们送往各处。

　　最后一样是火麻。火麻是个宝,那时候,塑料和塑料绳还没问世,火麻和火麻搓成的绳索是人们生活、生产中不可或缺的物件;运出去精加工后还会有其他用场,具体有什么用场我就不知道了。很可惜的是,科学发展到今天,小镇火麻的金贵之处才逐渐被揭示开来。有资料显示说,科学界通过对火麻仁进行化学成分、营养学、药理学、临床学等方面的深入研究,发现火麻仁富含不饱和脂肪酸、蛋白质、卵磷脂、油酸、亚麻酸、亚纳酸等,其脂肪酸中含亚油酸和亚麻酸共达76.4%,是唯一能够溶解于水的油料,被认为是主要的长寿绿色食品之一。火麻含有丰富的多不饱和脂肪酸,还使之成为出色的天然护肤品。在人人谈养生、个个想长寿的今天,它已经成了人们的爱物。可是现在小镇的人们,已经很久不种火麻了。

"小镇三大有:银杏、火麻、木籽油"——这话一点不假!

山货之中,除了这叫得响的三样之外,这里的板栗、核桃和白桃也是远近驰名。山货上市的季节,小镇周边的路就繁忙起来了。扁担在挑工们的肩上有节奏地上上下下颤动着,汗珠子洒落一路,咸涩的汗味飘落一路。和挑工们相比,马帮就轻松多了,他们一家养两匹或三匹牲口,三三两两地结伴搞驮运。牲口脖子下面的铜铃铛"叮叮咚咚"地响着……空谷传音,悠扬得满山都是。

本色的洗涤用品——皂角

我们这个小镇和小镇附近的乡间有一种本地产的洗涤用品——皂角。

那时候肥皂、香皂很少,即使有,普通人也不会买,因为买不起呀!洗衣、洗澡、洗被子用什么呢?用皂角。皂角这东西就长在村头树上,用竹竿一打就下来了。谁想用谁打,完全不用花钱。

皂角是皂角树的果实,长长的、扁扁的,形似餐桌上的扁豆——只不过比扁豆大得多。刚长出时呈绿色,到了秋天就渐渐变成深褐色,一串串挂在树上,风一吹相互撞击"哗哗"作响。人们用长长的竹竿把它打下来,收拾回家备用。洗衣服的时候，先用水把衣物和皂角一起浸泡在盆里。洗的时候用衣物包着皂角，然后用棒槌轻轻敲打，皂角敲打碎了就合着衣物一起搓揉。搓揉几下，类似肥皂的泡沫就出来了，衣物也在搓揉中渐渐洁净起来。之后，再把衣物拧干，在清水里洗净就完事了。

皂角也可以用来洗澡。先把皂角浸泡在澡盆里，然后捞出，用棒槌把皂角敲碎。接着，就抓起敲碎的皂角浇着水在身上搓拭，除去身上的污迹。不过用这办法洗澡，对成人无所谓，但对孩子们来说，那就无异于"大难临头"啊！怎么呢？疼啊。孩子们皮薄肉嫩，用碎皂角直接搓拭受不了。娃娃们一边洗一边哭，当妈的一边洗一边骂："咋啦……杀你了？"如果孩子还哭，当妈的就会在孩子的光屁股上"啪啪"地来几下。酷热的黄昏，小镇人习惯搬出澡盆子在街筒筒里给娃娃洗澡，孩子的哭声也常常在街筒筒里回荡。听到哭声不用问,十之八九是皂角惹的祸。

那时候的皂角树,因为不像用材林那样用途广泛,所以并不被人重视。成片的皂角树极少见,较大的庄子一般会有一棵两棵。小镇南头的庄子上有一棵,那棵树矗立在庄子中央的一口老井旁边,粗壮而稠密的枝干把绿荫密匝匝地铺了一大片。夏日的中午,乡民们端着饭碗蹲在树下一边吃饭一边纳凉。饭吃完了也不急着回家,把碗放在地上,"龙门阵"就开始了。树上有蝉声鸣奏,树下有笑语相和,用"此乐何极"四个字来形容是一点也不过分的。

小镇人喜欢用皂角,但小镇没有皂角树。小镇人用的皂角有两个来路:一是乡下的亲戚送,二是自己花钱买。秋天的时候,粮食进了仓,地里的活路少了,就有些闲散的老人用箩筐挑着皂角到镇上来卖。那东西便宜,既不论斤也不论个,买家自己拿自己装;觉得拿够了装够了,随便给几个钱就行。

小作坊给小镇带来了喜庆

正月十五晚间的灯节，小镇家家张灯，户户结彩，一条活灵活现的龙灯也会在街筒筒里翻江倒海般舞到深夜。和龙灯步步相随的总有两个背着褡裢的男子：肩上的褡裢鼓鼓囊囊，手中拿条湿毛巾，颠颠地总围着龙灯忙活着。龙灯到了张家门前，他们便来到张家摆在门前的香案前问："放几个？"张家当家人说："放两个。"男子便从褡裢中取出一个大炮仗样的"花子"，这时龙灯已经在张家门前舞起来了，他们便点燃"花子"的引线高高举起，顿时"花子"便喷出火花。火花可以向夜空喷射，也可以向龙灯喷洒；向龙灯喷洒时，舞龙人便会空前活跃起来——这时夜空中的那条龙便也随之活跃起来。一个"花子"燃放完毕，按照张家"放两个"的要求，他们从褡裢里又掏出一个接着燃放。

背着褡裢燃放"花子"的男人是谁？他姓姜，是小镇鞭炮小作坊的老板。

姜家住在小镇街南头。姜家屋后有几亩地，原本兼营一个鞭炮小作坊，生产一点鞭炮和少量烟花，后因为销路不畅鞭炮的生产就停了，只有烟花的生产还在继续。这倒不是说烟花销路很好。烟花产量也很有限，销路也只在小镇，最多延展到小镇附近的乡间，一些爱热闹的大户人家偶尔也定制一点。影响产量和销量的原因在于，这东西和鞭炮不一样，你不能自己购买自己燃放，必须由姜家人代你燃放，因为燃放是有风险的——想想看，姜家能有几多人？能出手的也就父子两人。同时烟花这东西平时用不着，只是在元宵节晚上舞龙灯时用得着，而一年就只有一个元宵节，一个元宵节只能由两个人燃放，一个元宵节能燃放多少呢？鞭炮停产了烟花为什么不停呢？姜老板说："不能事事都为钱，元宵节的时候小镇人喜欢这个，我就是为着让街坊们乐一乐才坚持的，其实做这东西不赚钱。"

现在，姜家就经营屋后那几亩地，地里的活路做完了才做一些与烟花生产有关的准备。准备什么呢？就是"备料"。我上初小时每天要从姜家门前走几个来回，常见他们在门前的场地上慢悠悠地做一件事：备办制作烟花需要的铁屑。他们从家户人家回收用废的破铁锅、犁铧和钟磬等生铁铸件，然后将其碎成比绿豆还小的铁屑——这是制作烟花的配料之一。不知道别处的烟花制作需要些什么，姜家制作的烟花中装入的是火药和铁屑。虽然铁屑的需要量不是很大，但全靠一锤一锤地砸——如此落后的工艺是很费事的。姜家人说："闲时办好急时用，费事的先准备，到时候才不会误事。"看得出来，烟花生产虽然不是姜家的全部生计所系，但姜家做得还是认真的。

和烟花制作有关的还有些东西也是需要提前准备的，比如烟花装填的火药，比如烟花的纸质外壳，比如烟花燃放的引线，等等，这些都缺一不可，只是准备要有先有后。姜家人说："我们用的是自制的黑色火药，其中黑色的碳粉要等到六月地里火麻出来后，才能用新鲜的火麻麻秆烧制。先一年的陈麻秆也可以用，只是质量差效果也不好。自产自用嘛，主要还是想有个好的效果，所以我们年年都是等新麻秆出来后才着手烧制。至于引线、纸壳这两样东西都不用慌也不能慌，准备早了存放的时间长了容易受潮，受潮了的纸壳不能用，受潮的引线更不能用——这个理儿大家都知道。"

一年的准备、一年的运作、一年的心思,全绕在一个"事"上——元宵节灯会。

……………

姜家人走在龙灯的前面为街坊们燃放烟花,为什么每到一家要问一问"放几个"?这是因为燃放烟花是要收费的。殷实人家可以多放,贫困人家可以少放,燃放多少全由主家说了算。虽然这样,姜家也不会钻进钱眼出不来。哪家殷实哪家窘困他们心里有数,真正到了窘困人家的门前,他们就不再问,直接掏出烟花就放起来——对这样的人家,他们是免费的。姜家人说:"新年新岁,家家都图个吉利。我免费放个烟花,就当我拜个晚年送个吉祥!"

姜家为小镇的一夜欢乐,费尽了一年的心思。

姜家为小镇一年的吉祥,流淌了一年的汗水。

小镇人休闲有了新去处

小镇虽然地处几县交汇处,又有条条大道通各县,但毕竟是被山挡着被水缠着,说它繁荣说它富庶那也是有限度的。镇上的几十户人家虽然大多做着生意,那也只是小本经营赚不来大钱的。很多人家在乡下有点土地,在镇上有点买卖,温饱无虑但绝对谈不上富有。他们过惯了这种平平安安、自自在在的日子,没有谁去刻意追求大富大贵。生意做完了,自娱自乐的活动就开始了——就像走路走累了,就坐下来喘口气一样。

小镇人歇下来之后干什么呢?去牌场——打牌去。

当家的男人们腰里有点钱，喜欢坐在牌场里打牌拼手气。街上原来没有专门的牌场，想打牌就约几个人找个地方玩一会儿。后来有户代姓人家，在众街坊的撺掇下开发了这么个服务项目。老代六十来岁，老婆姓什么不记得了，只知道她比老代小好几岁，还比老代精明得多。两口子无儿无女也无恒业，就把自家后院的三间连通草屋收拾收拾当了牌场，小镇的第一家牌场就开张了。

牌场设施很简单：屋里摆了几张桌子和一些板凳，每张方桌上放一个旧式笔筒样的竹筒子，竹筒子上写着"喜钱"二字。房顶上吊一块面积约两个平方的薄木板，木板下有孔，从孔里牵出一根绳子，没有人或者虽然有人但天不热的时候，绳子就斜斜地系在一根木柱子上。这是从一家剃头铺学来的。拉动绳子木板便如扇子般晃动起来，茅屋里便有了风有了凉意——

别小觑,这可能就是小镇人研制的第一代"空调"。屋外面垒一茶炉,两个白铁壶架在上面"呼呼"地冒着热气。下午和晚上,男人们总爱抱着水烟袋朝这里凑,来了就入座,麻将纸牌任意选,凑够了四个人就开始。

茅草屋地处后院,推开窗户便是后山;松树的枝枝杈杈在窗前晃动,环境清静而优雅。因为都是小本经营,腰间并不厚实,所以打牌多是意在娱乐不图暴富。赌注很小,输赢都不伤脾胃,赢了笑笑,输了也笑笑;大家和和气气,很少因为钱而闹心怄气的。有什么值得闹心值得怄气的呢?不就是一块钱两块钱吗?少了这一块钱两块钱就不活了?但话是这么说,输钱和赢钱相比,心里还是隐隐地有些不乐意不舒服。有的人性子急,连输两盘就叫唤"歇歇,歇歇……抽袋烟"。于是,大家就停下来抱着水烟袋"咕咕"地抽。这个时候抽烟据说隐含着一个意愿：抽烟必须点火，抽烟的火一燃财运的"火"就接着燃起来了；接下来打牌赢的可能性就大。都这样说，也不知道灵不灵验。

谁赢谁输，对牌场老板而言毫无关系，只要有人上座就稳有赚头。老板的赚头主要有两项：进门泡碗茶，每碗收点茶叶钱（大约相当于现在的五毛钱），晚上再来茶叶钱另算——这是一项收入；另一项收入是，每一盘下来赢家自觉从进账中抠出一点投在那个写有"喜钱"的竹筒子里，算是给老板的一点喜钱。小镇人管这叫"打头儿"。老代是个忠厚人，总是默默地来回忙很少说话，只负责挑水烧水；牌场上的事由老婆全权打理。女人论长相是小镇的人尖子，见人总是眼睛先淌蜜，接着就露出两排亮牙，再接着就是"大哥呀"、"兄娃（弟弟）呀"喊得沁甜！老代一家很亲和，大家都愿意去。

女人最多的事情是拎着水壶给大家续茶水,谁输了就优先给谁续,一边续一边说:"兄娃呀莫着急,先喝几口水。不是说'水一下肚金银都有'嘛,喝口水试试看。"如果是夏天她就忙多了,续完水就坐在一边拉那根绳子,让来回晃动的木板把清凉送到每个人的身上。续水、拉绳累了,就拿把蒲扇一边摇一边走。在这张桌子边看看,在那张桌子边看看,一边看牌一边摇扇子;既凉在自己身上,也凉在别人身上。偶尔,有人指着手里的牌问她:"姐,打这张……咋样?"她笑而不语,只用扇子指指墙上。墙上挂着两块木板,一块写着"观棋不语真君子",一块写着"看牌无声大丈夫"。问话人吐吐舌头,不再言语了。

赢了笑笑,输了笑笑;小娱小乐,倒也快哉!

小染坊印出了花色布

在《郭裁缝——小镇美的使者》里，我曾把郭裁缝尊为小镇美的使者，因为他和他的老婆把美的服饰带给了小镇人。其实能称得上小镇"美的使者"的，在小镇还有一位——那就是街南头染坊的张老板。镇子附近就是农村，农村人粮食从地里获取，蔬菜从菜园获取；此外，身上的衣服也是从地里得来。从种棉开始，由棉而线，由线而布，由布而衣。棉花变成了布，还不能直接做成衣服，得染色——这就是张老板的活儿了。小镇上的人，也有买布染色自己做衣服的，他们也离不开张老板。

所以，张老板和郭裁缝一样，也是小镇美的使者。

张老板的染坊就在小镇南头第一家，三间门面坐西朝东很是轩昂而巍然。染坊对面的房子因战乱荒废了，从我记事起那里就改成了菜地，临街的一面有半人高的石头墙隔着。石头墙边竖起了两个高高的木架子，布染好了要晾干——那架子是染坊张老板晾布的地方。晴日的早晨太阳从东边升起来，正正地照着染坊的三间门面，显得十分亮堂；门柱上挂着一个招牌，上面写着"张×记染坊"（第二个字我忘了），在阳光的照射下也灿灿地发光。

张记染坊也没多大能耐，主要业务就是染色，给白土布染色，给退色的衣服加色。颜色的类别也不多，只有黑色和蓝色两种；二者中，又以蓝色为主。张老板手里出来的蓝色有三种：一般的蓝色称为"蓝"，深一点的称为"双蓝"，再深一点的称为"深蓝"。老人、孩子的衣服也多是蓝色；即令是夏衣夏裳也多是蓝色。至于床上的被子、被单乃至挂在内室门上的帘子也多是蓝色。当然，黑色的也有，只是选用的人不多。

张记染坊门面房里靠南的一间，迎门架起一个把染好的布碾压平整的设施。下面是一个凹陷呈弧形的长方形石头基座，基座的上面架起一个巨大的经人工斧凿的"U"字形石件。不工作的时候，石件和基座间有一圆木隔着不让其相互碰撞接触。设施的周围有坚实的木栅栏环护着，"U"字形石件不会倾斜乃至倒下来。木栅栏的上方有两个扶手，那是工作时供工人使用的。布染好晾干之后，先紧紧地卷在一个圆木筒子上，然后将卷布的圆木筒子置于底座和石件之间，再由工人登上去手扶扶手脚蹬石件两边来回晃动。卷在圆木上的布，经石件碾轧之后就平整如初了。工人踩动石件叫"踩滚"，染好的布置于石件下碾轧叫"上滚"。踩滚是个技术活，晃动一两千斤重的石件不仅需要力气还需要技术，弄不好是要出危险的。我上学每次从染坊门前走过,听到有"嘎嘎"的声音从屋面传出,我都禁不住要驻足朝里面张望。

除了染布之外,张老板还有两样印染花布手艺:一是"印花",一是"捏花"。

张老板有很多镂着花纹的胶版,这是专为做印花布准备的。张老板做印花布有两种做法:一种是把胶版固定在白布上,然后把一种白色的胶状物涂在镂出的花瓣和叶片上,待白色胶状物干了以后再放入染料锅中煮沸浸染。浸染好了接下来就是下河漂洗,漂洗之后再挂在矮墙边的木架子上晾晒。布晾干了,就将布悬空伸开并牢牢地固定好两头,张老板就用一把很大的片子刀"哗哗"地在上面来回地刮那白色的胶状物。胶状物刮去了,花瓣和叶就显出来了——这样做出的布是蓝底白花。再一种方法就是把胶版固定在白布上直接刷色,刷蓝色布就是白底蓝花,刷黑色布就是白底黑花。

我上学从染坊门口经过,也常常看到张老

板在挥动片子刀刮布。实实在在地说，小镇人从来不用这类花布做衣服，只用它做内室的门帘，偶尔也用来做做被面。上面说到张老板的另一个手艺是"捏花"。要请张老板做捏花，去前你得把要做捏花的物件，比如门帘、被罩之类的做好。送到染坊之后，张老板就把那物件摊开在一个又宽又平的台子上，接着在物件上抓皱一处用索子（用于纳鞋底的粗棉线）捆扎一处。依据捏花的需要，一处一处地捏、一处一处地捆扎。捏扎完了以后，再送进染料锅里去煮沸浸染，然后就漂洗、晾干、拆开捆扎的索子。没捆扎的地方染上了色，捆扎的地方没染上仍是白色，捏花就出现了。

和印出的花相比，捏出的花轮廓不是很清晰，很有点国画大师们笔下"大写意"的味道。但它古朴、粗犷、原始，实在也别有一番情趣。我一直保留着这样一床捏花被罩。三年初中、三年高中、四年大学，毕业后又工作了三十六年，退休后又闲待了十多年——前后六十多年一直跟着我，现在还垫在床铺的最下层。我珍爱它，有它垫着，我仿佛就躺在小镇的老屋里，睡得就格外香甜和踏实。我想，如果哪一年要建一处小镇博物馆，我会把它捐献出来，否则，我就不会让它离开我半步。

张老板那家染坊是祖上传下来的，它从张家的哪一代人开始经营我无从知道。接替他这门手艺的是他的儿子，在他儿子的手上又经营了很多年。1956年前后，农村人带着刚分得的土地加入了农业合作社；生意人响应国家"对私营工商业的社会主义改造"，带着自己的货柜和技术走进了供销社。张老板走进供销社的第二天，门柱上的那块牌子也换了，上面写着"洛阳供销社印染门市部"。

野鸡,野鸡,满山飞

俗话说"靠山吃山靠水吃水",意思是说"住在山里靠山养活,住在水边靠水养活"。小镇的周围多是山,说小镇人"靠山吃山"、"靠山养活"却不够准确,说他们靠山满足了自己的诸多"口福"倒是事实——这一点,祖祖辈辈的小镇人都不会否认。为什么不是呢?四周的山环护着他们,山上的树林子里不仅有各种各样的诸如银杏、板栗、桃子、李子等好果子,还有各种各样让人垂涎的能飞会跑的野味,比如野鸡、野兔、野猪和野山羊,等等。宋代诗人陆游有一首《杂题》诗写道:

> 黍醅新压野鸡肥，茆店酣歌送落晖。
>
> 人道山僧最无事，怜渠犹趁暮钟归。

这诗写的就是品尝野鸡的事情。诗中说的"黍醅"是一种没有经过过滤的农家酒。只要有一盘"野鸡肉"，哪怕酒只是"黍醅"也足以让陆游欣喜如是！足见"野鸡"在人们舌尖上的位置。

陆游爱吃野鸡肉，小镇人也爱吃野鸡肉。

上个世纪的早些年头山林还没有遭到人为破坏之前，小镇周遭可称得上是一片清幽的世界。那里山清水秀树木葱茏芳草遍地，行走其中常听到"咯—多—多"的声音，那就是野鸡的鸣叫声；走得近了，还能遇到"噗——"一声——一只野鸡从你面前惊悚地掠过。因为野鸡是小镇一带的长物，所以也就成了这里餐桌上的一道佳肴。这里逢单日是热集，四乡的农户如果农活不紧都会到镇上来，或者买点急需的用品，或者什么也不买只是溜达一圈散散精神。猎户们也会早早地起来，在附近的林子里打几只野鸡顺便带到镇上来卖。我印象最深的一个猎户是位姓杨的老头，他家离镇子很近，翻过镇子后面那座山就是他的家。他每次来不光带来当日猎获的野鸡，还顺势带来了猎获野鸡的整套的装备——一杆猎枪、一副掩体、一只饵鸡、一个标本。

那杆猎枪就不说了，只说说余下的三样。掩体，顾名思义是遮掩身体不让目标（野鸡）发现自己的遮挡物。杨老头的掩体很像现在送火葬场的花圈，不过上面插的不是纸花，而是各样青油油的树枝；掩体的中央偏上有一个孔，这个孔除了用作瞭望之外，那杆黑黝黝的猎枪也是从这孔里伸出去的。掩体的后面还挂着两样东西，一样是饵鸡（一只用笼子锁着的活野鸡），一样是标本（一只公野鸡的标本）。杨老头说，架好掩体之后先把标本鸡挂在很显眼的树枝上，然后再把饵鸡连笼子一起放在掩体前面的树丛里。一切完成之后，自己就躲在掩体后面静静地等着野鸡的到来。老杨说，只要听到饵鸡的叫声或者看到了树枝上的标本鸡，周围的野鸡准会来。来了他就开枪，一枪一只绝不会放空。枪声在这里响过之后短时间是不会有野鸡再来的，所以老杨说一次得手之后一定要换个地方蹲守。老杨头不贪心，一个早上猎获两三只就收手了，接着就收拾家伙往镇上来。

老杨给小镇的餐桌送来了鲜美的野味，因而小镇的人们熟悉他、喜欢他，就连小镇的孩子们也熟悉他、喜欢他。孩子们何以会喜欢他？主要有两个原因：一是孩子们喜欢雄野鸡那身漂亮的羽毛，他每次来孩子们都围着他抚摸观看那美丽而修长的尾羽；老杨很懂孩子们的心事，高兴了就主动拔下几根分发给孩子们。于是，得到尾羽的孩子就高兴了，他们把尾羽插在脑后的衣领子里，很神气地学着舞台上的古代将军，提着腿缓缓地向前迈步。二是老杨长期和野鸡打交道，会学野鸡叫。他养的那只饵鸡原本是让它在掩体前鸣叫，借以引诱野鸡自投罗网到伏击圈里来的。可是饵鸡并不完全理解主人的意思，有时需要它鸣叫它却偏偏不鸣叫或者不及时鸣叫，这时老杨就不得不自己学野鸡叫。虽然他的嗓门并不灵巧，但时间长了功夫深了也便像模像样了。猎来的野鸡卖完了高兴了，老杨就教孩子们学野鸡叫。老杨说不同的时候野鸡的叫声是不一样的：相互联络的时候就"咯——克——咯"，声音十分悠扬悦耳；遇到了危机受到了惊吓就"咯咯、咯咯……"，好像在急切地呼喊"哥哥"一样；在繁殖的季节公野鸡表现最急切，天一亮就在林子里一声又一声召唤着叫"咯——多——多"。

....

小镇周围的山是野鸡的乐园,也是野兔的乐园。除了猎获野鸡,老杨也猎获野兔。他打兔子也有经验,只要掮着猎枪出门,回来时总能带回几只。他说:"野鸡野兔——房前屋后,各有各的路子,摸清了路子它们就自己往枪口上撞。"老杨说如果再往山里面走几里,山会更大,树林子会更密更深,林子里就不光有野鸡、野兔,还有野猪和野羊子。野猪和野羊都是大猎物,野猪还很凶猛,常常伤人。猎获野猪野羊子需要年轻猎人组群进行,人少了是很难如愿的。老杨说:"我是小打小闹,弄几只野鸡兔子就行了;野猪和野羊子年轻时打过,现在连想都不敢想。"

这些野味那时候一直是小镇人桌子上的一道菜。

遗憾的是有很长一段时间由于山林遭到破坏，野猪、野羊濒于绝迹，野鸡、野兔也绝少见到——以至到了现在，都珍贵得成了"保护对象"。这些年山林养护工作很有成效，因为有了这个"家"，它们也就渐次回来了。

操场上弥漫着菜籽油香

小学升到四年级的时候，我由下街的初小转到了上街的完小。到了完小，学校对我们的要求就高了。一个学期的二十个周各有各的任务、各有各的创建目标，比如收心周、卫生周、学习周、风纪周、备考周，等等。收心周总安排在学期开始，因为刚开学需要收心；备考周总安排在学期末，需要复习备考。其他的卫生、学习、风纪，都安排在学期中间；这些重点内容轮换着安排，一个类型要安排几次。

我记得刚上四年级的那个学期，收心周一过就是卫生周。周一早操的时候，指挥早操的郭老师就对我们提要求，说："男学生要养成梳头的好习惯，每天早晨起床后都得梳。你们的头发乱蓬蓬的，梳之前要抹点油润一下。五、六年级的同学已经做得很不错了，四年级的同学要向他们学习。大家都得按要求做，学校要检查。"

郭老师说"要抹点油润一下"，那油是什么油？他指的不是什么高档护发油，而是本地妇女习惯用来润发的菜籽油。倒回去几十年，小镇人用于润发的只有这一样，就是而今超市货柜里摆放的那种菜籽油。现在还有人用它润发吗？小镇附近的山区可能有，但绝对不会多——或许只有些老年妇女还在用。据说用菜籽油润发，可以降头火；头火降下来了，头就不会发晕。

我记得那时候妇女梳妆时，多是用一个小酒杯装一点菜籽油放在面前，头发散开以后用手指头蘸一点在头上星星点点地抹，抹一会儿再用木梳慢慢地由前向后梳。我这说的都是一般人家的女性，至于大户人家的夫人、小姐梳头时借什么润发想必就不这么简单了。

小镇的成年男人都崇尚光头，一街的男人都是这样；附近乡间的男人们，跟着镇上的男人学也崇尚光头。这样一来，菜籽油和他们就有了一段距离。干部和学校的男老师新潮得多，都蓄发，发式一般两种，或者是"分头"，头发从头顶向两边分开到耳际，中间留一条白亮亮的头皮；或者是"背头"，头发一律向后梳，前面空出一片黄灿灿的脑门子。蓄发就得润发，他们和女老师一样，用的也是菜籽油。不过老师们有的是时间，时不时涂抹一下而每次又用油不多，所以那头发显得滋润而不油腻，似乎天生就那么亮泽。只有一点不好，每次从我们身边走过，总有一点淡淡的菜油味飘过来。

我们这些小镇的男孩子，在男人中属于

另类，蓄着发而不用油，头发有如一堆蓬乱的野草。那一头乱发常常被大人们比喻成两样东西：一是"翻毛鸡"，一是"松果子"（松树结的果，干枯后每一瓣都翘起来翻卷着）。小学一至三年级，学校基本不管我们，所以一头乱发常年保持着"翻毛鸡"或者"松果子"的模样。到了四年级——由初小升到了高小——一切都严格起来了。第一个卫生周的第一次早操，指挥全校出操的郭老师就说了那番话。那次郭老师还撂了狠话："从明天开始，我要整整你们那个'翻毛鸡'、'松果子'。你们已经是大娃子了，要学着修点边幅。怎么办呢？你们那一脑壳的乱茅草来之前得用菜油抹一下，然后用梳子梳一下。都得梳，谁不梳，就别想进我这个操场！"

对郭老师的要求，家长们都很支持，睡前就把菜油瓶和木梳子放在顺手的地方，还千叮咛万嘱咐地说"别忘了，抹了油再去……郭老师说的是好话，是为你们好"。当时的小学生都不是独生子女，早晨起床、穿衣、洗脸、出门都是自己干，从来都不会有人来专心呵护。现在依据郭老师的要求增加了"抹油"和"梳头"两个环节，当然还是自己完成。抹油应该是有讲究的，比如油怎么抹，应该有个方式；抹多少为宜，该有个限度。可是这些，男娃们心里都没底。洗脸之后，他们先把手心窝起来，再把油倒在手心里，然后就到头上来回抹；觉得还不够就再倒再抹，感觉可以了就用木梳胡乱地梳几下，感觉顺了就行了。

　　第二天的早操，经郭老师核准都得以进入操场，只是那么多的"油头"聚在一起，操场的上空弥漫着一股浓浓的菜籽油味。因为男孩子头发短兜不住油，有些已从发间渗出顺着脸流了下来，金黄金黄的、一条一条的挂在干瘪瘪的脸上。早操结束的时候,郭老师喊了几句:"今天表现不错,头发都梳顺溜了,很漂亮嘛!不过明天要注意,油不能抹得太多,太多了也是个浪费。听到了没有?"下面一片山呼"听到了"!

…………

现在还有菜籽油,但菜籽油的润发功能早已被人们忘却了。五花八门的商品广告、色彩纷呈的化妆用品,早已传播到三湘四水僻壤穷乡,直至人们的心底。菜籽油在化妆品柜台上,你是永远也找不到了。

路边有个茶水棚

我相信,在往来行人较多的大路边设一个茶水棚,长期无偿供应行人茶水的事在很多地方都有过;小镇和小镇周围的农村人也有过这样的大义之举。事情不是很大,但能够做到风雨无阻、丰歉不辍地长期坚持,就不是很容易了。

施茶的一般做法是:在靠近村庄的大路边搭起一个简易草棚,棚子里摆一个小方桌和几条板凳,小方桌上放着装满茶水的大陶壶,壶口上扣着一个瓷碗或木碗。过路的人累了渴了,可以坐下来歇歇脚,喝碗水;歇息好了,口不渴了再上路。离开时不用感谢谁,也不用付费。有的施茶人家就住在路边,茶棚子就搭在场院边上。如果正好主人在家，或许他会拿出水烟袋让你过把瘾再走。

施茶事小，但施茶人的"心"很诚、"义"不轻啊！

施茶是怎么回事，施茶主人为什么会有此举呢？原因是多种多样的，或者是因为父母多病，做儿女的想为父母祈福减灾，借此感动上苍赐父母一个无病无痛的好身体；或者是因为妻室不孕香火难续，于是以施茶自厚其德，求上苍降个吉祥；或者什么都不为，只是想给过路人提供个方便，求得心灵踏实。

当然，也还有因为其他原因的。比如自己的孩子晚上不睡觉，整夜整夜地哭闹。于是就施茶，借此求得孩子成长顺畅。如果是这个原因，主人会在茶棚子里贴张字条，字条上写着：

天皇皇，

地皇皇,
我家有个吵夜郎;
过路君子念一遍,
一夜睡到大天光。

我们那里,把孩子晚上哭闹叫做"吵夜"。你想想,求人家"念一遍",总得有个办法让人家肯驻足啊!农户家思想简单,于是就想到了施茶。我记得出小镇南街口不远处的一个村庄,就设有这样一个茶棚。那时我们一群娃子没上学不识字,但那段顺口溜早就会背了,于是我们常常结伴去茶棚哄闹着背诵,顺便也喝碗茶。

…………

一般说,住在小镇街上的人是不会在自己的门口再搭起一个棚子施茶的,不是因为心眼硬,而是没地方,街道就那么宽一点,再搭个棚子就不能走路了。但是,在自家临街的屋檐下摆个小方桌,桌上放个茶壶和碗,供路过的人口渴了解解渴是有的。我记得街坊中有个叫李长旺的,我们小辈们叫他"李叔"。他老婆得了个"羊羔疯"病(西医叫癫痫),时好时坏经常犯,一犯病便全身抽搐失去知觉。有一次正做饭犯病了,倒在灶门口抽搐,灶膛里的柴火掉出来把一只手烧残了。他们家没做生意就靠一点菜地维持生活,还有两个孩子,一家四口过得很艰难。为了求得老婆的病早日痊愈,李叔就在自家的屋檐下支起了一个小茶摊,希望苍天慈悲降吉祥。可是最终李叔的希望落空了,他老婆娘家在乡下,一次回娘家在堰塘洗衣服,病犯了,一头栽到水里淹死了。

住在小镇上的人家,门口过去过来的人多。有往来的行人,就有口渴的主儿。那时候不比现在,街边上没有卖茶水的,商店里没有卖饮料的。赶街的走在街上口渴了,过路的路过街上口渴了,咋办?别担心,只要你折进小镇的任何一家，说一声"渴了，想讨杯水喝"，街坊们没有不给水喝的。可以这样说，小镇的人也施茶，只是做法不同罢了；乡下人在茶棚，而小镇人在家里。小镇上的那些生意人，乍一看他们的思绪总纠缠着"财"和"利"两个字，但也不尽然，他们的人情味也是有的。在很多时候，他们会自觉不自觉地用"人情"换"人气"——这可是小生意人的一个特点。

荒寂的大路边、繁闹的小镇上，一杯清茶倒映出匆匆的人影。

我同样也不愿意去辨识其中有多少"愚钝"、有多少"智巧"，也不愿意去甄别其中有多少"纯朴"、有多少"奸猾"；我只愿意去体味、去寻觅其中的"情"和"义"，以及相伴而来的"真"和"诚"。这是赖以兴旺和发达的"生命"——当我回溯小镇历史的时候，尤其感到了这一点。

琴声在街筒筒里流动

和小镇隔河相望的鸡公山下,住着一位会算命的先生,此公姓刘。

刘先生双目失明无以为业,于是便学会并干起了算命这个营生;小镇以及小镇附近的乡间,没有谁不知道他的。和他常年在一起的除了一个引路的孩子,还有两样物件:一面小铜锣,一把大胡琴。为了招徕顾客,他到小镇来,一进了街口就拉那胡琴;在乡间,人烟稀少拉琴没人听,就改由引路的孩子敲小铜锣。

那把胡琴很粗糙,很像是自己做的,有两粗两细四根弦,拉出来的每个音符都是一高一低两个双音,那音圆润、厚重很耐听;加之多年就拉那几个曲子，熟了就生出很多"巧"来，拉出来的曲子就特别地悦耳。在街筒筒里，他慢慢地走路款款地操琴，琴音便春水般在街筒筒里流动起来，软软的，滑滑的，圆圆的，回旋着流进每个家的窗棂，然后又溢进每个人的心里。小镇人虽然不懂音乐，但哪好听哪不好听他们能辨别出来。对刘先生的琴音，都说"好听"。小镇人不会让他白来，琴声响起之后，总会有一张含笑的脸从哪家的大门里漾出来，喜喜地喊一声："刘先生，进来喝杯茶。"刘先生的琴声便戛然而止，他知道"生意来了"。

每个家庭需要求刘先生的时候很多，比如添人进口了，得给新生儿派个"八字"；比如两家结亲，得问问"命相"合不合；再比如孩子要出门，得算算安全不安全，等等。派"八字"其实很容易，只要知道天干地支，只要知道天干地支和五行（金木水火土）的对应关系，只要能准确说出孩子出生的年、月、日、时，就能派出那八个字以及由此而决定的基本命相；这是一个很刻板的文字游戏，算命先生都会的。刘先生派出的八字和其他先生派出的基本一样，所以大家都说刘先生算的"准"。其他的，像结亲看命相呀，出门问安全呀等等，刘先生的一个基本做法是"顺乎人情，合于常理，不把话说死"。所以凡是找刘先生的，都能讨到一个说法，也都能得到一份安慰，绝对不会让你失望。

我听街坊们讲过这样两件事：一个街坊的孩子经人介绍"对了一个亲"，样样都好只是双方属相都为"鸡"。那个街坊有些不乐意，说属鸡的人是"鸡扒命"，一辈子只会在脚下扒食不会有好前程；如果两个人都属鸡，那不穷到一块了？啥时候才有个出头日啊！最后找到刘先生求解，刘先生哈哈一笑，说："不怕。'鸡扒，鸡扒，扒出一个金疙瘩'，这情况也是有的呀！"

后来那桩婚事成了,小家庭还过得很殷实。

还有一件事:一个街坊的儿子属虎,别人给介绍了个属龙的对象。"龙虎斗"呀,重则相克,轻则吵嘴——这怎么行?两个孩子虽然合了心,双方家庭却死活不肯。最后,还是弄到了刘先生那里。刘先生问问情况之后,说:"男孩生在腊月是归山虎,女孩生在冬月是潜水龙——这就没事了,有事也不会大。我送你们四句话,成不成你们自己做主。"刘先生随即念出四句话来:"龙在水里虎在山,有吃有穿喜连连。老人当好和事佬,准保子孙样样全。"这样一说,事就算妥了。据说,后来的情形还真让刘先生说对了。

小镇熟悉刘先生,刘先生也熟悉小镇。无论从北头进街还是从南头进街,随意停下来,刘先生说得出左边住的是谁,右边住的是谁;也无论谁喊一声,他都听得出来是谁在喊他。

甚至，哪家有几个孩子、几个什么样的孩子，哪家现在正在为啥事操心，他都清清楚楚。在熟悉的地方给熟悉的人算命，还能不准吗？我父亲特别相信他，每年一开春都要请他到家里来，先大人后孩子挨个算一遍。父亲说："每个人每年的运程都不一样。算一下，当注意的早点注意，只有好处没得坏处。有备无患，反正也花不了几个钱。"刘先生就挨个算，一边掐指头一边说。在算的过程中，刘先生还特别交待哪个娃子要防水，哪个娃子要防火，等等。父亲一边听一边用笔记在本子上。

我们家的命全是刘先生算的。听我父亲说，我的八字就是他给派的；依照那八个字还得出我命中有"两重水、两重木、两重土、一重火、一重金"的结论。父亲问："这好不好？"刘先生说："好呀，有土、有水，木就好生长了；放心，这娃子好养。只是火和金少了点，不过也不碍事。"父亲问："那怎么办呢，有法儿解吗？"刘先生说："有啊，在名字上做点文章；用个带金字旁或带火字旁的字，补一家伙就够了。"我小时候长得很胖，动作笨拙行动迟缓。因为这，常常不愿与同龄孩子争强好胜，遇事总让在一边远远地看。父亲认为我这是"性子柔"，是"命中缺火"造成的。按照刘先生的友情提示，就在我的学名里用进了一个"炎"字——用两个"火"猛猛化了一家伙。

刘先生早已作古了，小镇的老人们还常常提到他；我父亲也总记得他，刘先生走后他常常叹息说："刘先生一走，今后给娃们取名就作难了。"我已年届八十了，每次看到身份证里那个"炎"字，也会想到那位断定我"命中缺火"的刘先生。

图书在版编目(CIP)数据

洛阳小镇风情 / 李辉主编；毛庆炎著. —深圳：海天出版社，2019.1

(地名古今)

ISBN 978-7-5507-2496-9

Ⅰ.①洛… Ⅱ.①李… ②毛… Ⅲ.①随笔-作品集-中国-当代 Ⅳ.①I267.1

中国版本图书馆CIP数据核字(2018)第229734号

洛阳小镇风情
LUOYANG XIAOZHEN FENGQING

出 品 人	聂雄前
项目负责人	曾韬荔
责 任 编 辑	曾韬荔
责 任 技 编	梁立新
装 帧 设 计	自留地 交流邮箱：919679085@qq.com

出版发行	海天出版社
地　　址	深圳市彩田南路海天综合大厦 (518033)
网　　址	www.htph.com.cn
订购电话	0755-83460397(批发)　83460239(邮购)
排版制作	深圳市龙墨文化传播有限公司（电话：0755-83461000）
印　　刷	深圳市新联美术印刷有限公司
开　　本	787mm×1092mm　1/32
印　　张	7.5
字　　数	100千
版　　次	2019年1月第1版
印　　次	2019年1月第1次
定　　价	45.00元

海天版图书版权所有，侵权必究。
海天版图书凡有印装质量问题，请随时向承印厂调换。